転生幼女はお願いしたい

～100万年に1人と
言われた力で自由気ままな異世界ライフ～

著 土偶の友《Dogu no Tomo》 ill. むらき

主な登場人物
ウィン
とある洞窟に
閉じ込められていた
フェンリル。
サクヤに力の
使い方を教え、
従魔となる。
サクヤ
気が付くと子供の姿で
異世界にいた、
本作の主人公。
神聖魔法や創造魔法と
いった、珍しい魔法を
使える。
ヴァイス
目を覚ましたサクヤの
側にいた白虎。
サクヤの第一の
従魔として
頑張ります。

プロフェッサー
国で一番の
魔道具作成技術を
持つ天才。
クロノ達と
仲がいい。
先生
魔物や聖獣について
かなりの知識を
誇るエルフで、
街の人気者。
クロノ
サクヤ達が森で
出会った冒険者。
リオンの兄で、
まっすぐな性格。
リオン
サクヤ達が
森で出会った冒険者。
クロノの弟で、
研究家気質。

第1話

「ん……ここは……」

わたし――元町咲夜《もとまちさくや》が目を覚まし、起き上がるとそこは森だった。

周囲には木木木木木木木木木木。いたる所に木々が立ち並び、空からは優しい光が降り注いでいる。

春の陽気といった感じだ。

「どこ……？」

何が起きたのか理解できなかった。わたしは人から頼まれた仕事をこなして、それで……。

頭がぼんやりとしていて、昨日の記憶が出てこない。

ダメだ。真剣に思い出そう。

わたしは目を閉じて、集中する。

昨日は仕事をしていて、定時で帰ろうとしていた時に頼みごとをされたんだった。

『あたし用事があって帰るから、これお願い』

『……分かりました』

それをなんとか終電間際《まぎわ》に終わらせて、家に帰って……それで……。

「あれ……わたし……どうしゅたんだっけ……ん？」

なんか今口が回らなかったような……。

「わたしのからだはどうなって……え……」

わたしは自分の手を見て、幼子《おさなご》のように小さくかわいらしくなっていることに驚く。

それから顔や体に手を当てると、自分の体ではないような感覚だった。手に対して頭は大きいし、あんまりなかった胸も平らになっている。でもその代わりに、素肌《すはだ》はぷにぷにしていてとても気持ちいい。

視線を下ろすと、服は黄色いワンピースに、茶色いローブのようなものを羽織《はお》っていた。おまけにちょっと無骨なポーチまで肩からさげられている。

ワンピースは子供が着るようなかわいらしい形だし、流石《さすが》にこの年になって着るのは無理があるんじゃ……。

「じゃない！　っていうかこの状況は……」

とりあえず立ち上がろうと横に手を置くと、何かモフモフした物に手が当たった。

「ん？」

そちらの方を見ると、白と黒の何か……小さな動物？　が丸くなっているようだった。この小ささは、赤ちゃんかな？

もしかして、この状況のヒントになったりするのだろうか？

「なんだろう……でも触って大丈夫かな」

動物の赤ちゃんを触ってしまって大丈夫だろうか。この子に触っているのを、親に見つかってしまったりはしないだろうか。

そんな不安を覚え、周囲を見回して少し迷う。

しかし周囲には木しかなく、生き物がいるようには見えない。

「……えい」

わたしは好奇心に勝てずに、その赤ちゃんに触ってしまった。今のこの状況から目を逸らしたかった訳では決してない。

「わ……さらさらで……モフモフで……気持ちいい……」

白い動物――多分ネコ科――に触ると、羽毛のように軽く指が沈み込んでいく。柔らかいけれど、それは毛だけでなく、その下の体がしなやかなことも合わさっているからだろう。昔猫カフェに行ったことがあるが、その時触った猫をもっと上品にしたような感じだ。

「あ……これずっと触っていたい……」

わたしは目の前の白い動物をゆっくりと優しく撫《な》でる。

「…………この子、起きないのかな」

わたしの手の中で白い動物はじっとうずくまったままだ。とても温かいので生きてはいると思う。

「って、違う！　現実逃避《げんじつとうひ》してる場合じゃない。この状況をなんとかしないと！」

「ウギャア！」

「え？」

何の声……？　なんだか今だみ声が聞こえた気が……それも目の前の白い動物から。

「もしかして……猫じゃない？」

わたしの知っている猫はニャーニャーとかわいらしく鳴くイメージしかない。それがこんなだみ声なんて……。

そんな風にショックを受けていると、その白い動物はもぞもぞしたかと思うと動き出した。

モフモフは全身を震わせて四つ足で立ち、わたしの方を向く。

全身真っ白で、背中には一本の黒線が走り、そこから枝分かれするように細い黒線が横に伸びていた。体中にほっそりした黒い筋が模様を描いているが、多すぎず少なすぎず、とてもきれいな割合だ。

「この子は……」

「ウギャァ」

その姿は体長二十センチメートルほどの、真っ白い虎の赤ちゃんだった。

「虎……？」

わたしはつぶらな瞳《ひとみ》でじっと見つめてくる虎を見つめ返す。

小首を傾《かし》げていて、とても敵意があるようには見えない。

じっと見つめながらなんだろうと考えていると、わたしとこの子の間に半透明《はんとうめい》の板が浮かび上がった。

《名前》　未設定

《種族》　白虎《びゃっこ》（幼体）　？？？
《年齢》　0
《レベル》　1
《状態》　健康
《体力》　200　《魔力》　200
《力》　200　《器用さ》　50　《素早さ》　300
《スキル》　金魔法《きん》　金運アップ
《称号》　？？？

「何これ⁉」

ゲームなどで見たことがあるようなステータスが表示された。

種族が白虎……ってやっぱり虎なんだ。

白虎といえば、四神《しじん》とかにいたっけ。普通の虎ならホワイトタイガーってなるだろうから、やっぱり普通ではないんだろうけど……。

でもでも、四神の白虎になるには、五百年も生きないといけないみたいな設定があったはずだから流石に違うのかな。

生前？　小説やらアニメやらマンガが好きで、よくたしなんでいたから、その時の知識が正しければだけど……。

「ウギャァ?」

白虎が不思議そうな目でわたしを見つめ、何を思ったのかわたしの手を優しく舐《な》めてくれる。心配してくれているのは伝わってくるけれど、意外と舌がざらざらしていた。

「ありがとう。君の名前は?」

「ウギャァ?」

ないよ? とでも言いたげな返事をして、なんなら名前をつけてくれてもいいんだよ? むしろつけて? と言っているような目で見上げてくる。

「わたしが名前をつけてもいいの?」

「ウギャァ」

白虎は頷《うなず》くと、両足を揃《そろ》えるように座りわたしをじっと見る。本当に名前をつけてほしいようだった。

「うーん、虎ってどんなのがいいんだろう……。ネコ科だからタマ……はダメっぽい」

タマという名を出した瞬間《しゅんかん》、白虎の表情が絶望したようになった。やめておこう。

でも、その前に確認することがある。

「君は雄《おす》?」

「ウギャァ」

「雄か……なら……」

なんかかっこいい名前にしてあげたい。

虎は英語でタイガー？　タイ、タイは……魚。イガ、イガ……忍者。

「英語だからってかっこいい訳じゃないか。なら他の言語……」

ドイツ語とか……だと……ティーガー？　かっこいいな。これにするかな？　……ただ、ティーガーという戦車があったはず。別に特別な思いがある訳ではないけれど、戦車の名前をつけるのは違う気がした。じゃあティガー……これもよくある名前かもしれないけど、あまりしっくりこない。

ならどうしようかな……。

わたしは悩んで虎の体を見る。

真っ白な体……英語だとホワイトだけど、ドイツ語だと……ヴァイス！　これかっこよくない？

「ねぇ、ヴァイスって名前はどう？」

「ウギャァ！」

虎はかわいい顔で頷いてくれている。よし、これでいいかな。

「じゃあ君は今日からヴァイスだ！」

「ウギャゥ！」

わたしがそう宣言をして、虎……ヴァイスが頷くと、わたしとヴァイスの両方を白い光が包み込んだ。

「な、何これ？」

わたしは驚いて周囲を見回すけれど、光った以外異常が起こっている様子はない。

「なんだったんだろう……まぁ、いいか。とりあえず名前がちゃんとついたか確認しておこう」

わたしがヴァイスをじっと見つめると、先ほどと同じようにステータスが表示されたので見てみる。

《名前》　ヴァイス
《種族》　白虎（幼体）　???
《年齢》　0
《レベル》　1
《状態》　健康　従魔（主：サクヤ）
《体力》　200　《魔力》　210
《力》　200　《器用さ》　50　《素早さ》　300
《スキル》　金魔法　金運アップ
《称号》　???

「ん？」

ステータスは先ほどと三つほど違っている部分があった。

一つは名前、これはいい。わたしが名前をつけてあげたのだから。

次に、魔力が上がっているのは……名前をつけたことで成長したから？　早すぎる気がしないでもない。

でも、大事なのは最後の一つの、状態欄《らん》の従魔。これ……わたしの従魔になっているんだけど……。

「従魔って何？」

よく分からない。

相手に名前をつけたら知らない契約書にでもサインをさせられた……みたいな気持ちになってしまった。

わたしが不安な気持ちになっていると、ヴァイスが思い切り飛びかかってくる。

「ウギャゥ！」

「きゃ！　ちょ、ちょっと？」

ヴァイスはわたしに飛びかかり、とても嬉《うれ》しそうに、顔を余すところなく舐めてくる。

最初はざらざらしていてちょっと……と思っていたけれど、これはこれでなんだか嬉しい。とても好かれているという感情が伝わってきて、もっとやってもいいよ？　と思ってしまう。

わたしはなすがままにされながら、これからのことを考えることにした。

さっきのステータスって、わたしのも見られたりするのだろうか？

わたしは自分の手をヴァイスに当たらないようにゆっくりと持ち上げて、じっと見つめる。

すると、今度はわたしのステータスが見えた。

《名前》　サクヤ

《種族》　人間
《年齢》　5
《レベル》　1
《状態》　健康
《体力》　20　《魔力》　？？？？？？？？？？？？？？？
《力》　5　《器用さ》　15　《素早さ》　10
《スキル》　創造《そうぞう》魔法　神聖《しんせい》魔法　鑑定《かんてい》　隠蔽《いんぺい》　言語理解　アイテムボックス　？？？？　？？？
《称号》　神の愛《いと》し子　？？？？？

「魔力を『？』にする意味ある⁉」

わたしは今までで一番大きな声を出してしまった。

それほどまでに、目に映った表示がおかしかったのだ。

きっとステータスを見られているのは、鑑定というスキルのお陰《かげ》なんだろう。小説には詳しいからわたしには分かるんだ。

でも、この魔力量はなんだろう？　この桁数《けたすう》って、一十百千万……兆とかいってない？　他のステータスは一桁とか二桁なのにバグってるでしょ。

「てか五歳？　なんで⁉」

どうしてこうなった……と思いながら見ていると、突如《とつじょ》としてヴァイスがわたしの上から飛び降り、右の方を向いて唸《うな》り声をあげた。

「グルルルルル」

「あ、そういう時は普通の虎っぽい鳴き声なんだ」

一人のんきにそんなことを呟《つぶや》いていると、ヴァイスが唸っている方角の茂みから、何かが飛び出してきた。

「あれは⁉」

茂みから飛び出してきたのは、ゲームで何度も見たことのあるスライムだった。

水色の半透明《はんとうめい》の液状の体を持ち、その液体の中には真っ赤な核《かく》みたいな物が浮かんでいる。

「モンスター……戦わないと！」

でもどうやって？　魔力はあるけれど、わたしは魔力の使い方なんて知らない。

どうしようかとキョロキョロしていると、ヴァイスが勢いよくスライムに飛びかかった。

「ガルルルル！！」

シュパ！

ヴァイスの爪《つめ》が閃《ひらめ》くと、スライムの核は一瞬のうちに真っ二つに割れて地面に転がった。

液体の体は地面に吸い込まれていき、薄《うす》い皮と核だけが残る。

「すごい……わたし何もしてないや」

ヴァイスがその真っ赤な核を咥《くわ》える。そしてわたしの方に走ってきた。

「ウギャァ！」

「え？　わっ！」

速いなーとぼんやりと見ていたわたしに、ヴァイスが飛びかかってくる。

わたしを押し倒し、先ほどよりも嬉しそうに目を輝かせて、スライムの核をわたしに見せつけてきた。まるで褒《ほ》めてと言わんばかりである。

「ふふ、ありがとう。ヴァイス」

わたしはヴァイスから受け取った核を適当にポーチに入れる。

ヴァイスへのお礼の意味半分、モフモフしたい気持ち半分で思いきり撫でまわす。

ああ……この触り心地最高。一生触っていてもいいかもしれない。

「ウギャウウウ……」

ヴァイスもわたしが撫でると、とても気持ちよさそうに目を細めている。

ずっとこんな時間が続けばいいのに、そう思って撫でていたけれど、わたしはふと我に返る。

少し日が低くなっていたのに気付いたからだ。

このままだと夜になってしまう。

「こんなことしてる場合じゃないよ！　急いでここから動かないと！」

「ウギャ？」

「なんで？　って顔しないで。って、もしかしてここがどこか分かるの？」

「ウギャ」

ヴァイスは知らないとでも言うように首を横に振った。

なら、わたしはこれからやるべきことを考えないと。

「まず……ここはどこ。っていうことは置いておく。考えても答えは出てきそうにないし……第一、わたしが五歳になっている理由も分からないし、そもそも日本にスライムとかいないし……」

「ウギャ？」

そうなの？　と首を傾げたので、わたしは自分の考えを整理するためにヴァイスに話す。

「うん。多分……こういう場合……ありえないと思うけど……もしかしたら、小説でよくあった異世界転生……かもしれない。多分だけどね。だけど、本当にそうか分かんないから、まずは人里を目指そうと思うんだけど、いい？」

「ウギャ」

いいよと言うように頷く。

「ありがとう。それなら急いで行こう。夜になったら動けなくなるから、今のうちに動いておくのがいいと思うんだよね」

本当はここにいたら誰《だれ》かが来るとか、誰かが説明してくれるのを待とうかと思っていたけれど、その気配もないし。それにスライムが襲《おそ》ってきたことを考えると、すぐにでも移動した方が安全だろう。

ここで待っていても、敵が襲ってきた時に、自分は何もできないからだ。

というか、わたしの他に人っているよね？　という不安もあるけれど、とにかくここにいる訳にはいかないのだ。

「でも、こういう時はどっちに行くのがいいんだろう」

森の中なんて、小学校の遠足で行った時以外行くことなんてなかった。

川を下っていくといい……という話を聞いたことはあっても、近くに川の音は聞こえない。

詰んだ。

「……でもこうしていられないよね。とりあえずでもいいから行こう」

わたしは立ち上がり、目の前の方向に進む。

ヴァイスもとことこと、わたしの隣を歩いてくれる。

一匹と一人で歩きながら、周囲を観察していく。

森の中は見たこともない草花が咲《さ》き誇《ほこ》っていた。気温は暖かい春の陽気で、この服でも問題ないくらいだ。

ただ、子供の歩幅は短いので少し歩きにくい。体力がないから余計にそう感じてしまうのかも。

「魔力を使えたらなんとかできるのかな……というか、そうか。そっちも使えるようにならないと」

わたしは歩きながら、なんとか魔法を使えるようにならないかと思考を巡《めぐ》らせる。

さっきはヴァイスがスライムを倒してくれたけれど、もしかしたらあれ以上に強いモンスターが出てくるかもしれない。そんな時のためになんとか魔法を使えるようにならなければ……。

「でも……創造魔法って何……？　めちゃくちゃすごそうではあるけど、スケート初心者にいきなりトリプルアクセル決めろって言っているようなものじゃない？」

もっと分かりやすい魔法だったらいいのに……とも思わなくもない。

火魔法だったらファイアーボール、水魔法だったらウォーターボール。そんな一般的っぽそうな魔法だったらやってみないこともないけれど……。

「創造魔法と神聖魔法……。レベル高すぎて、どうやって使ったらいいのか分かんないや」

「ウギャ？」

どうかしたの？　とヴァイスが振り向いてくる。

そこでわたしは、ヴァイスも魔法を持っていることを思い出した。

「ねぇヴァイス。魔法……ってどうやって使うか分かる？」

「ウギャァ」

「分かんないか……」

流石に0歳じゃダメだったか。

でも、このまま行くとまた他の魔物と出会う、いや、襲われてしまうかもしれない。

出会わないことを祈りつつ、慎重《しんちょう》に進まないと。

「――なんて思っていた時があったんだけど……この森、何もいないの？」

またいつ襲われるかとビクビクしながら歩いていたのだけれど、二時間くらい歩いても、一切他の生き物と出会うことはなかった。

危険がなかったことはいいことだけど、それ以上にまずいかもしれない問題が起きたのだ。

「お腹が……減った！」

「ウギャァ……」

そう、魔物よりも、人里を目指すよりも、空腹でわたしとヴァイスはピンチになったのである。

「何か食べられる物……。果物も生《な》ってないし……。空も暗くなってきた……」

わたしはこれからのことに不安を感じながらヴァイスと一緒に歩く。

空は赤く、遠くからは夕闇《ゆうやみ》が迫ってきている。おそらくすぐに夜になると思う。

食べ物を見つけられていない状態で、夜を過ごす場所のことも考えないといけなくなってくる。

気温も大分寒くなってきて、この服装のままでは凍《こご》えてしまうかもしれない。

そんな時に、わたし達の前に洞窟《どうくつ》が現れた。高さ三メートル、横幅《よこはば》三メートルくらいのかなり大きなものだ。

森の中で寝るか、洞窟の中で寝るか。どっちもどっちな気がしているけれど、洞窟の方がまだ安心ではなかろうか。

洞窟にはモンスターがいるかいないかの二択だけれど、森の中にいたら多分凍えてしまいそうな気がする。

「ヴァイス。一緒に中に入ろう？」

「ウギャゥ」

わたしはヴァイスを連れて、洞窟の中に慎重に入る。

モンスターがいませんように……というわたしの祈りが届いたのか、入り口には何もいなかった。

洞窟に入ると、入り口辺りには見たこともない黒い文字で何かがびっしりと書かれていた。

ちょっと怖いので、急いで奥に入っていく。

「よかった……奥もそこまで深く……って何あれ⁉」

洞窟の中は暖かく、のんびりとできると思っていた。

しかし、洞窟の奥には真っ黒な格子《こうし》があり、その向こうで白銀《はくぎん》の毛並みをした狼《おおかみ》が地面に伏せていた。

「寝てる……のかな」

わたしは叫んだ後だけれど、狼を起こさないように静かに行動する。

「ヴァイス。来て」

今すぐにここから逃げなければ。

白銀の狼の毛並みは素晴らしく、さぞモフモフしていることだろう。是非《ぜひ》とも触ってみたい。

そんな気持ちもあるけれど、ここは逃げの一手だ。

狼の大きさは遠巻きに見ると馬ほどのサイズを誇っていて、話で聞いたことのある狼とは一線を画していた。

もしあのモフモ……狼が危ない存在だったら、どうなってしまうか分からない。牢《ろう》のような物も壊されるかもしれないからだ。

わたしは近付いてきたヴァイスを抱え、洞窟を出ようとする。

そこに、狼から声をかけられた。

「ほう……かわいい小娘ではないか。どうやってここに入ってきた？」

「ここには誰もいませんよー」

「ふざけているのか？　人がいるかどうかも分からないほどに弱っていると思ったのか？」

わたしがゆっくりと振り返ると、きれいなエメラルドグリーンの双眸《そうぼう》と目が合う。

ダメだ。完璧《かんぺき》にバレている。

わたしはこちらを見つめていた狼の方に向き直って口を開く。

「いえ、そういう訳じゃないんですけど……」

「だとしたらなんだ？　俺がフェンリルと知っていてここに来たんじゃないのか？」

「フェンリル!?」

「……なんだ。本当に知らなかったのか？」

「うん……」

フェンリル。それは北欧《ほくおう》神話に登場する存在だ。少なくとも、わたしが生きていた前世にはいなかった。

ここはやっぱり地球じゃないのだろうか。せっかくだから聞いてみよう。

「あの……ここって地球……じゃないの？」

「地球？　なんだそれは」

「そっか……」

やっぱりわたしは異世界転生をしてしまったのだろうか。それじゃあやっぱり、元の世界のわたしは……。

暗い考えに陥《おちい》りそうになったところで、いつの間にか肩に乗っていたヴァイスがわたしの頬《ほお》を舐めてくる。

「ヴァ、ヴァイス？　くすぐったいよ」

「ウギャァ」

「ちょ、ちょっと……もう……」

暗い顔をするなと言いたいのか、ヴァイスは必死に舐め続けてくれる。

そんなわたし達を見て、フェンリルさんは不思議そうに声をあげる。

「そいつは……」

「この子は白虎のヴァイスだよ。あ、そうだ。フェンリルさん。この子、わたしの従魔らしいんだけど、従魔って何か知らない？」

「白虎だと？　俺と同等の存在が従魔に……？」

フェンリルさんはちょっと驚いたのか、じっとわたしとヴァイスを交互に見ていた。

「まぁ、なんというか……目が覚めて名前をつけてほしそうな目で見ていたから、名前をつけたら従魔に」

「そうか。ではお前はそれだけ才能があるのだろう。白虎……聖獣《せいじゅう》を従魔にするなどほとんどないが、全くない訳ではないからな」

聖獣？　聖獣ってあのユニコーンとかフェニックスとかの？　でも今は……。

「あの、それで従魔っていうのは……」

「ああ、悪いな。従魔とは主に従う、魔力を持つもののことだ」

「魔力を持つ？」

「そうだ。そこらへんにいるスライムだったり、その白虎だったり。そういったもの達に名前をつけ、相手が受け入れれば従魔となる。それによって絆《きずな》で結ばれ、お互いの居場所が分かったり、お互いの力で相手を強くできたりと、色々と恩恵を受けられるのだ」

「それなら、強くなりたい人はできるだけ従魔を持った方がいいっていうこと？」

わたしは別になりたくないけど、最強になりたい人もいるだろうなと思ってそう聞く。

しかし、フェンリルさんは首を横に振った。

「そんな簡単に従魔が作れると思うな。相手に信頼されねば受け入れてもらえぬし、簡単に従う雑《ざ》魚《こ》を従魔にしたところで意味はない」

「なるほど」

「俺を従魔にでもしたいのか？　この牢を壊してくれたら考えてやらんでもないぞ」

フェンリルさんは「絶対にできないがな」という言葉を付け加えて嘆息《たんそく》した。

別にフェンリルさんを従魔にしたい訳ではないけれど、なんとなく理由を聞く。

「どうしてわたしじゃ壊せないんです？」

「決まっている。この牢を壊すには、特別な方法が必要なのだ。作った奴は今でも存在するか怪しいほどに頭のいいやつだったからな。叡智《えいち》の結晶と言ってもいいほどにすごいものだぞ。苛立《いらだ》たしいが……貴様のような小娘に壊せる訳がない」

「そっか……」

まぁ……フェンリルさんとかいうすごい聖獣が言うんだからそうなんだろう。

でも、わたしはそこで一つ疑問に思った。

「じゃあずっとそのままなの？　ご飯とか食べなくてもいいの？」

「俺はそこのちっこいのと違って、周囲の魔力を吸収していれば飢《う》えることはない。だからこの牢もそのうち壊れるのを待つだけだ。まぁ……あと五百年か……千年か……。何年かかるか分からんが」

「……どうして閉じ込められているの？」

「この世界を支配しようとしていた奴らに閉じ込められたのだ。その前に連中は倒したが……そのお陰で俺はこんなざまだ。全く、忌々《いまいま》しい」

そう言うフェンリルさんの瞳には、怒りの炎が宿っていた。

「ウギャァ……」

その圧力を受けて、ヴァイスがわたしの首に隠れるようにして怖がっている。

「大丈夫だよ。あれはわたし達に向けたものじゃないよ」

「そうだ、白虎よ。お前は自分の主をしっかりと守れるようになれ。この世界については……お前の好きにしろ」

「？」

なんだかよく分からないことを言ったけれど、彼はそれ以上話す気がないのか地面に伏せる。

彼の姿はとても悲しそうで、寂《さび》しそうだ。

わたしは……なんとかしてあげたい。そう思ってしまった。

「ねぇ」

「なんだ」

「さっきの話に戻るんだけどさ。この牢を壊す特別な方法ってなんなの？」

これでもわたしの魔力量は桁違いらしい。

もしかしたら、彼を助けられるかもしれない。できなくても、希少な魔法を使える人を探してくれるかも。

そんなわたしの質問に、彼は面倒くさそうに話す。

「到底無理な話だが……暇《ひま》つぶしにはいいか。魔法に種類があるのは知っているか？」

「え？　うん……知ってるけど」

わたしの創造魔法や神聖魔法とか、ヴァイスの金魔法とかのことだろう。普通に火魔法とかあるのかな。

フェンリルさんは続ける。

「魔法の中でも最も希少とされる、創造魔法と神聖魔法を持つ者が必要になるんだ。それぞれが、使い手は百年に一人現れるかどうかと言われるほどの貴重な魔法だ。どちらか一つを持っているだけで、どの国でも粗末《そまつ》に扱われることはないだろう」

「……そ、それなら頑張れば助けられそうなんじゃないの？」

　頑張って二人集めればなんとかなるのではないだろうか。

「……無理だ。どの国も、そんな魔法を持つ者をこの場に送り込んでくるようなことはない。神聖魔法を持つ者であれば聖人として崇拝《すうはい》され、創造魔法を持つ者は神の代行者として崇《あが》められるんだ。しかも、この牢を壊すには、その両方の魔法を持つ者が必要になる。そんなのは百万年に一人現れるかどうかであろう」

「…………」

　どうしよう。

　わたし、百万年に一人の存在らしいです……。

「ふぅ…………」

　わたしは一度深呼吸をして、心を落ち着かせて状況を確認する。

　フェンリルさんとの会話で、わたしが百万年に一人の存在であることが発覚した。

「……………」

　どうしよう……これ言ったら……わたしがフェンリルさんに崇拝されるんだろうか。

　……いや、それはないと思う。でも不安だから聞いてみよう。

「ねぇ、もしも……もしもなんだけど、わたしがその魔法を両方使えます。って言ったらどうする？」

　フェンリルさんはじっとわたしを見つめた後、鼻を鳴らす。

「別にどうもせん。俺はここに三百年いる。だからもう外のことなどどうでもよいのだ。出られたところでしたいこともないしな」

「そっか……」

そう言うフェンリルさんは、やはりどこか悲しそうな……寂しそうな表情をしていた。

わたしは彼を助けたいと思った。

だけど、あの牢が邪魔をしているのか、フェンリルさんを鑑定することはできない。

いい人か悪い人か、鑑定で分かればよかったんだけど。

でも、鑑定なんかしなくても、わたしはフェンリルさんをいい存在だと思う。

だから……。

「フェンリルさん。魔法の使い方……教えてくれない？」

「突然どうしたのだ」

「わたし……持っているから。創造魔法と神聖魔法」

「……嘘《うそ》だろう？」

「本当。だけど、わたし、魔法の使い方が分からなくって……」

今日この世界に来たばっかりだから、当然のことなんだけど。

フェンリルさんはしばらく迷った後に、口を開いた。

「そんなことがあるのか分からんが……もし本当だったら面白い。ダメでも暇つぶしにはなるか」

「暇つぶし」

そんな軽い調子でいいのだろうか。

「そうだ。三百年もいると暇でな。ここを訪れるのもお前が初めてなのだぞ？」

「え？　誰も来なかったの？」

それは……とても寂しいことだ。

彼の話を聞いて、絶対に助けてあげたくなった。

「ああ。洞窟の入り口に、微《かす》かに魔力の痕跡《こんせき》がある。誰にも気付かれぬように細工を施《ほどこ》しているのだろうよ。というか、魔法を習得するんじゃなかったのか？」

「あ、やるやる。どうしたらいいの？」

「まずはその白虎を降ろせ」

「分かった。ヴァイス。少し降りててね」

「ウギャァ」

ヴァイスは頷いてわたしの近くに座る。

それから、フェンリル先生の魔法講座が始まった。

「魔法とは、周囲にある魔力と自身の魔力を合わせて、世界に変化をもたらすものだ。だが、そんな座学的な知識はどうでもいい。大事なのは感覚だ」

「感覚？」

「そうだ。まずは目を閉じろ」

「はい」

わたしは目を閉じて返事をする。

「返事はいらん。というか、今は五感を全て捨てろ。魔力を感知するのは五感ではできないのだからな」

「……」

わたしは五感全てを忘れるようにして、ただただそこに存在することを意識する。

フェンリルさんの言葉は続く。

「それを続けろ。そうしていると、周囲に何か感じるはずだ」

じっとその感覚を維持《いじ》していると、周囲に煌《きら》めく色とりどりの光があることに気付いた。

でもおかしい、わたしは目を閉じているのに、それがあるとはっきりと分かるのだ。

「だが、それを感じ取るまでには早くても一か月はかかる。だから気長に……」

「え？　この周囲にある色とりどりの光じゃないの？」

「……お前……本当に何者だ？　そんな簡単に見つかるはずは……。まぁいい。もしそれが見つかったのなら、次はそれを自分の中に見つけろ。これも一か月近くかかるはずだが……」

自分の中……うわ、やっば。正直見ていられないくらいの輝きがわたしの中にある。

話を聞いている限り、これが魔力……というものなのだろう。わたしの魔力が兆を超えているから、こんなにあるように感じられるのだろうか。

「見つけました」

「……では、次はそれを混ぜ合わせて……」

「できました」

「早い。まだ説明してるだろ」

だってできたんだもん。

というか、わたしの体から溢《あふ》れて出たがっているようにすら感じたのだ。

それで、魔力が全部ごちゃ混ぜになれと考えたらできた。

「……まぁいい。それじゃあ創造魔法からにするか。手を出して、そこから十センチメートル四方の石を出すように想像してみろ」

「石……」

単位は前世と変わらないみたい。縁石とかそれに近いかな。それっぽいのをきれいな四角でイメージして……。

——ゴトリ。

「？」

わたしが目を開けると、少し先の所に石が落ちていた。想像した通りの石だ。

「本当に……使えるのか……」

フェンリルさんは口をあんぐりと開けて、わたしが作ったらしき石をじっと見ている。

わたしは今の感覚を忘れないうちに次にいきたくて、声をかけた。

「次はどうしたらいいですか？」

「……あ、ああ。そうだな。神聖魔法は……結界を張ってみるといい。形も今と同じように立方体で、今度は自分を囲うようにするんだ」

「……」

わたしはさっきと同じように想像する。

アニメで似たような結界を見たことがあるから、想像もしやすい。

――キィン。

何か聞き慣れない音が聞こえたので目を開くと、半透明の壁《かべ》がわたしを囲うようにしてできていた。

フェンリルさんは目を大きく見開き、何度か前足で目を擦《こす》っている。

信じられない物を見た時のその仕草は全世界、いや、全異世界共通かもしれない。

「お前……名は？」

「わたしはサクヤですけど……」

「そうか。ならこっちに来い」

そう言ってフェンリルさんは起き上がり、牢の隙間《すきま》から黒くて鋭《するど》い爪を出してくる。

「俺の爪に触れろ。あとはこっちが魔力を通して必要な魔法を使う」

「フェンリルさん、創造魔法と神聖魔法を使えるんですか？」

「使えない。だが俺達聖獣であれば、相手に触れることによって、その者が持つ魔法を使えるのだ。それに、三百年の間、この牢を突破するにはどうしたらいいのかずっと考えていたのだ」

「なるほど」

わたしは頷いて爪にそっと触る。

爪は硬くて冷たかったが、決して嫌な感じはしなかった。

「サクヤ。目を閉じていればいい」

「はい」

わたしが目を閉じていると、フェンリルさんの爪からちょっとずつ心地よい何かが流れてくる。

なんだかずっと身を任せてしまいたくなるようなそれを堪能《たんのう》していると、突如として轟音《ごうおん》が響《ひび》く。

バギン！

わたしが爪から手を離さないようにしつつ目を開くと、真っ黒な牢が壊れていた。

「……」

「……」

エメラルドグリーンの双眸と見つめ合う。

数秒経った後、フェンリルさんがぽつりと呟く。

「出られた……」

こういう時、なんと言ったらいいのだろう。

長年無人島で生活していた人が帰ってきたと想定したらいいんだろうか？　なら……。

「おかえりなさい？」

「……サクヤの元にいた訳ではないんだが」

「ご、ごめんなさい。やっぱり違うよね」

どう言えばよかったんだろうか。

少し悩んでしまったが、フェンリルさんは少しはにかむように答える。

「いや、これからはそうなるのだから、あながち間違っている訳ではないか」

「これから……？」

「ああ、俺に名前をつけてくれ。この牢を壊してくれたら従魔になる。そう言っただろう？」

「え……いいの？　わたしが魔法を使って壊した訳じゃないよ？」

ただ爪を触って、あとは目を閉じていただけだ。

しかしフェンリルさんは首を横に振って答える。

「サクヤが魔法を使えることを教えてくれなければ、俺はこの忌々しい場所から出ることはできなかった。だからいいんだ。名前をつけてほしい」

「……分かった。でも考えさせて」

「いい名前を頼む」

うーん、何がいいかな。

フェンリルさんの毛並みは白銀だけど……白銀の色って英語でなんて言うんだろう？　シルバー？　はいいと思うけど、合っていないように感じる。他の言語でどう言うのかも覚えてないし……。

ではなんという名前がいいのか。

フェンリルさんの目は、きれいなエメラルドグリーン。なんだか……優しい風に包まれているような気持ちにさせられる。

風はウインド……ウィン……。

「ウィン……でどうかな」

「ウィン。いい響きだ。俺は今日からウィンだ」

フェンリルさん……いや、ウィンがそう言うと、わたしと彼の体が光る。

「おお……これが従魔の契約というものか。心地よいものだな」

「う、うん。わたしの方はあんまり感じないけど」

ただ光っただけのようにしか感じなかった。

わたしは確認のために、ウィンをじっと見て鑑定する。

《名前》　ウィン
《種族》　フェンリル
《年齢》　5034
《レベル》　791
《状態》　衰弱《すいじゃく》　従魔（主：サクヤ）
《体力》　9432　《魔力》　5775
《力》　7945　《器用さ》　1909　《素早さ》　9596
《スキル》　風魔法　獣爪《じゅうそう》　獣牙《じゅうが》　直感　魔力操作　魔力吸収　？？？　？？？？

《称号》　救世獣《きゅうせいじゅう》　終わりをもたらす獣《けもの》　悪を滅ぼす獣

ヴァイスと比べると、とんでもなく強いステータスだ。

衰弱となっているから、体調は万全ではないのだろう。でも、ウィンはそんなことを微塵《みじん》も感じさせない。

「そうか。ならこれから、俺を従魔にしてよかったと言わせてやろう。今、何か困っていることはないか？」

「え？　でも衰弱していて大変なんじゃ……」

「いや？　今の俺は絶好調だ。サクヤの従魔になれたことでなんでもできる気がする」

「そんな……」

「それで、今したいことはないのか？」

そう聞かれて、人里に行きたかったことを思い出した。

でも、体は別のことを考えていたらしい。

――ぐぅ～。

すごく恥ずかしい。

相手は人ではないけれど、会話ができるから余計に。

ウィンは声をあげて笑った。

「ははは、そうか。我が主は空腹なのだな。食べ物を取ってこよう。ここで待っているがいい」

ウィンがそう言って外に向かうので、わたしは慌てて止める。

「え？　でも外は夜だよ？　魔物とかいっぱいいるんじゃ……」

そう、ウィンと話すうちに、外はすっかり暗くなっていた。

「俺に勝てる奴など、数えることができるほどしかおらん。行ってくる！」

そう言って彼は、風のように一瞬で消えてしまった。

「行っちゃった……」

わたしはぼんやりした後、これからどうしようかとヴァイスを見る。

彼はいつの間にか丸まって寝ていた。そんなかわいらしい姿を見て、わたしは笑ってしまう。

「ふふ、でもそっか……今日はスライムも倒してくれたし、ずっと歩いていたんだもんね。疲れるよね」

「スライムに襲われたのか？」

「ひゃあ!?」

独り言のつもりで言ったら、いつの間にか近くにウィンが来ていた。

「ど、どうしたの？　もうご飯取ってきてくれたの？」

「いや、俺がいない間のことを忘れていた。〈風の結界〉」

ウィンがそう言うと、わたしとヴァイスの周りに風が巻き起こった。

「この風の守りの魔法がある間は、誰もお前達を傷つけることはできない。しばし待っていてほしい。ではな」

そう言って、ウィンはさっさと駆《か》け出していった。

「心配してくれる、とってもいい子だね……」

わたしは地面に座り込み、ゆったりとヴァイスを撫でながら待つことにした。


わたしがのんびりしていると、二十分くらいでウィンが帰ってきた。

「戻ったぞ」

「おかえ……何それ⁉」

ウィンは何も咥えていない。しかしその代わりとばかりに、彼の周囲には様々な食べ物が浮かんでいた。

果物や野菜、生きたままの豚《ぶた》に近いような生き物、魚や水まで浮かんでいる。

「サクヤは何が好きか聞くのを忘れていた。だから近くにいた奴らを片《かた》っ端《ぱし》から狩ってきたんだ。あとはこれだ」

べしゃ。

地面に落とされた物を見ると、スライムの薄皮とその核……五十個くらいはあるだろうか。

「これは……？」

「スライムに襲われたんだろう？　全滅させるべきじゃないのか？」

「しなくていいしなくていい！　それは流石にしなくていい！」

いきなりのことでびっくりしてしまった。一族郎党《いちぞくろうとう》どころか種族ごとなどおっかなすぎる。

「そうか……ではこのくらいで勘弁《かんべん》してやろう。狩りつくすには世界中回らなければならないしな」

「大変だからいいよ……」

そんなことよりも、今はご飯だ。

「ヴァイス。起きて、ご飯だよ」

「ウギャァ……」

ヴァイスは起き上がって大きな欠伸《あくび》をした後、猫がやるような伸びをする。前足を突き出し、背中を丸めるあれだ。

それから「何を選ぶの？」と言いたそうにわたしを見る。

「え？　わたしからでいいの？」

ウィンに目を向けると、当たり前とばかりに頷く。

「主が先だ。俺とそのヴァイスだったか？　白虎もなんでも食える。だからサクヤは好きなのを食べていいぞ」

「じゃあすぐに食べられる果物を……」

「分かった」

果物がゆっくりとわたしの方に向かってくる。

受け取った果実はまん丸なオレンジ色で、皮はないかのように薄い。香りと手触りは熟《じゅく》しているそれは、今がまさに食べごろなのだろう。

わたしは大きく口を開けてかじりつく。

「――美味《おい》しい！」

今日初めて、いや、この世界に来て初めての食事だからか、とっても美味しく感じてしまう。

瑞々《みずみず》しい果汁《かじゅう》はほどよく甘く、何個でも食べたくなる。

わたしの体が子供であることを恨《うら》めしく感じてしまうくらいだ。もっと大きければ、たくさん食べられたのに。

そんなことを思っていると、丸々一個食べきったお陰か、睡魔《すいま》が襲ってくる。

「ここで寝ろ」

ウィンはそう言って地面に丸まるようにして寝そべり、U字型になってくれる。

わたしはぼんやりとした思考のまま、そこにふらふらと近付いてウィンにもたれかかった。

「あ……モフモフで……気持ちいい……」

ヴァイスとは違った気持ちよさがある。

詳しく語りたいけれど、今は……そんなこと考えられないくらいに眠い……。

わたしは、そのまま眠りに落ちた。

◇　◆　◇　◆　◇

俺はウィン、サクヤの従魔だ。

俺が封じられていた場所に彼女が来るまで、ずっと……ずっと一人だった。

俺が封印されたのは三百年前。

少し仲良くなった村の人間に、危険な奴らがいるから討伐《とうばつ》してくれと頼まれ、討伐したはいいものの……こんな何もない場所に囚われてしまったのだ。

それから俺はただ一人、この牢が自然に壊れるのを待ち続けていた。

最初はどうして誰も俺を助けに来ないのかと苛立つこともあった。

俺が戻ってこないというのに、様子を見に来ることさえない。まぁ……力のない者達ではこの場所を見つけられず、仕方のないことだとは分かっていた。

それでも、俺の心に重たい影《かげ》を落とすことになった。

最初の十年で助けが来ることを諦め、あとは自力で出る算段を考え続けた。

だが、これを作った奴らは狡猾《こうかつ》で、この中にいる間は俺の魔力が徐々に吸われていくという仕掛けがあった。

だから、万全の力を出せず強引に壊すこともできない状況に陥った。

結果として、創造魔法と神聖魔法の両方を持つ人間が来るという、とんでもなく低い確率に望みをかけるしかなかった。

そうして三百年、一人で居続けて、そこに現れたのが、サクヤと名乗る少女とヴァイスと呼ばれる白虎だった。

俺はフェンリル、誇り高きフェンリルだ。

だから人間の美醜《びしゅう》にはそこまで頓着《とんちゃく》はしないが、サクヤはとてもかわいらしいと感じた。コロコロと表情が変わり、楽しそうだと思ったら次の瞬間には不安そうな顔になっていて、見ていて楽しくなる。それに、あの年齢で白虎を従魔にしているというのも信じられない。

普通は聖獣……この世を正しく導《みちび》くことを神に定められた俺達は、そうそう人と従魔の契約を結ぶものではない。

過去に例がなかった訳ではないが、人と長い時を共に過ごした聖獣が、人の最期《さいご》の瞬間に慈悲《じひ》をもって契約しただけだ。

あの白虎は生まれたばかりの幼子《おさなご》ではあったが、聖獣なのだ。従魔になるなどありえない。

俺は俺の毛に埋《う》もれて気持ちよさそうに眠るサクヤとヴァイスを見る。

二人ともとても心地よさそうに眠っていて、守ってやらねばという気持ちが湧《わ》いてくる。

こんな幼子がどうして森の中にいたのかは理由を後から聞くとして、少なくとも今はこの子を守り、すくすくと育っていくのを見届ける必要があるだろう。

「む……」

そんなことを思いながら見ていたら、壊れた牢の方から何かが出てくるのを感じた。

「あれは……あ奴ら。俺から吸い取った魔力を何に使っているのかと思えば……。あんなものを作っていたのか」

そんな俺の呟きと同時、俺がいた牢の方から、真っ黒なスライムがのそりと出てくる。

大きさは俺と同じくらいだが、あのスライム一体で村など簡単に滅ぼせるほどの力を持っているだろう。しかも、空気中の魔力の流れを見る限り、魔力を吸い取るという能力もありそうだ。

そんなスライムが俺を真っすぐ目掛けて寄ってくる。

「サクヤの眠りの邪魔をする者は誰であろうが許さん」

俺はサクヤが起きないように体を静かに動かし、一瞬だけ爪を振るう。

ザシュン!!

俺の爪によって一瞬で核を破壊されたスライムは、その場にパシャリと崩れ落ちる。

それを見届けた俺はふぅと息をつく。

「全く、余計なことをしてくれたものだ」

だが、そのお陰で俺はサクヤに出会うことができた。

聖獣として、世界をよき方向に進ませろ。

そんな曖昧《あいまい》な神の言葉で世界中を旅して、人々を助けてきた。だが、その結果がこれだ。

かつての俺は……何か間違っていたのかもしれない。

「だが……サクヤ、お前の従魔になったことは……間違いではないと思える」

俺はサクヤのかわいい寝顔を見つめながら、危険なものが来ないかとずっと警戒し続けた。


翌日。

「サクヤ。何か叶《かな》えてほしい願いはあるか?」

俺は早速、起きたサクヤにしてほしいことを聞く。

きっと彼女が望むことが、この世界をよくすることに繫《つな》がるはずだからだ。

「ふぁぁぁ……おはよう……ウィン……」

彼女は寝ぼけているけれど、俺の顔を見て嬉しそうに笑う。

「ああ、おはよう」

「もうちょっと寝る……」

彼女はそう言って、俺の体に全身をうずめるようにして眠りについた。

「おいおい……まぁ……疲れているのかもしれないからな」

俺はそのまま彼女が再び起きるのを待つ。

そして再び起きたところで、彼女とヴァイスを乗せて、人里に向かうことにした。

三百年前の記憶だから確実ではないが、確か昔はこっちの方に村があったはずだからな。

第2話

わたしはウィンの背中の上に、ヴァイスと一緒に乗っていた。

ウィンはさっきから、わたしを十秒に一回のペースで確認していて、気にかけてくれているみたいだ。

そんなに心配しなくても、落ちそうになったらなんとかするのに……。

「気持ちいいね。ヴァイス」

「ウギャウ」

わたしはウィンの背中にうつぶせになるようにして掴《つか》まっていて、両手の間にはヴァイスがいる格好だ。

そんなヴァイスはわたしの腕の中で頷いて毛づくろいをし始める。さぞリラックスしているのだろう。

「それにしても、魔物って全然いないんだね。ちょっと気を張ってたけど、そんなことしなくてもいいのかな」

「俺が近付く魔物を片っ端から魔法で消しているからな」

「消してる⁉」

ウィンからいきなり物騒《ぶっそう》な言葉が飛び出てきた。

のんびりしていた気持ちが一瞬で吹き飛んでしまう。

「ど、どういうこと？」

「そのままの意味だ。俺のテリトリーの中に入った魔物を魔法で消している。ちなみに、進行方向にいた魔物の死骸《しがい》は臭《にお》いが届かないよう、全て魔法でどけているぞ」

「そんなことまでしてくれていたんだ……ありがとうね。ウィン」

まさかそんな丁寧《ていねい》な仕事をしてくれているとは思わなかった。

わたしは感謝のつもりでウィンを撫でる。

あ、大きいけれど、撫でがいがあっていいな。昨日は抱きつくくらいで、それはそれでとても気持ちよかった。でも、こうやって撫でるのもいい。どっちもどっちでいいところがあっていい。

「……」

「ウビャウ！」

「ヴァイス？」

わたしがウィンを撫でることに集中していたら、いつの間にかヴァイスが立ち上がっていた。

「どうしたの？　ヴァイス？」

「ウビャウ！」

ヴァイスはわたしに何か訴えかけようとしているようだったけれど、わたしには分からない。

どうしたらいいのか……と迷っていると、ウィンが足を止める。

「ウィン？」

「サクヤ、ヴァイス。降りろ」

ウィンはそう言って、わたし達が降りやすいように地面に伏せてくれる。

わたしは吠《ほ》えているヴァイスを抱えて地面に降りた。

すると、ウィンがヴァイスの方を見て苦笑しながら口を開く。

「ヴァイス。お前はサクヤを独り占めしたいのか？」

「ウビャウ！」

「なるほどそうか。なら一度戦ってみるか？」

「ウビャ！」

「ええ!?」

わたしは驚きの声をあげる。

一体全体、どうしてそんな話に……。

そう思っていると、ウィンがちゃんと説明してくれる。

「――〈風の結界〉。サクヤ。ヴァイスはな、自分がサクヤの一番でありたいのだそうだ」

「一番……？」

「ああ、自分が一番にサクヤと契約したんだだと。だから、サクヤのために一番頑張るのは自分なんだ。っていうことを示したいらしい」

「ウビャウ！」

ヴァイスはそう鳴いて、ウィンに向かって凛々《りり》しく立ち向かっている。

ウィンは苦笑しつつも、その意思を否定するつもりはないらしい。

流石に手加減をしてくれると思うけど、ヴァイスだって聖獣だ。ウィンがケガをしたらわたしは嫌だ。

「ウィン。ヴァイスの攻撃でケガとか負ったりしない……よね？」

「サクヤ。心配するな。少し離れたところで……いや、近くで見ておくといい」

「……うん」

心配だけれど、ウィンの様子を見たらそこまででもないのか……と思ってしまう。

それから、ウィンの合図で二体の勝負が始まった。

「ヴァイス。好きな所からかかってこい」

「ウビャウ！」

ヴァイスはウィンに飛びかかり、小さなかわいい前足でウィンの右足を攻撃しまくる……攻撃と言っていいのかは正直分からないけど。

擬音《ぎおん》を付け足すのであれば、ずっとポスポスポスポスポスというような優しい音が鳴り続けている気さえする。

いや、フニフニフニフニかな……。

「ウビャビャビャ!!」

「……ダメ。笑っちゃダメ」

わたしはなんとか笑うことをこらえる。

ヴァイスが攻撃している様子は、ただ子猫が大型の犬とじゃれ合っているようにしか見えない。

相手をしているウィンも、ちょっと困惑して「どうすればいいか」と言いたげな表情で時折こちらを見てくる。もうちょっとちゃんとした攻撃が来ると思っていたのかもしれない。

しかし、ヴァイスの攻撃はこんなものではなかった。

「ウビャウ！」

「……くっ」

思わず声が漏《も》れてしまう。

ヴァイスは両前足では足りないと判断したのか、地面にゴロンと転がり、前足と後ろ足でウィンの足を攻撃？　しまくる。

猫好きなら動画で見たことがあるような、食らうと意外と痛いけどかわいらしさが勝って許せる程度の攻撃だ。

ウィンはといえば、もうヴァイスの攻撃を見切ったのか、それとも攻撃じゃないと諦めたのか。優しい瞳でヴァイスを見ている。

「ウビャビャビャウビャ！」

ヴァイスはそれからすくっと起き上がり、とどめだとばかりにウィンの横っぱらに飛びかかる。

「ぐ〜わ〜」

「ウビャウ！」

ウィンは優しく地面に倒れ、ヴァイスが落ちないようにお腹で受け止めてくれた。

それからヴァイスは何を思ったのか、ウィンの上に乗って勝利宣言をする。

「ウビャウ！」

まるで勝ったとでも言わんばかりの仕草に、思わず笑みがこぼれる。

というか、途中から子供の運動会を見ている気になった。子供とかいないけど。

でも、ウィンはそれで許してくれるような相手ではなかった。

「ヴァイス。一方的に攻撃しておいて、俺の攻撃を受けない……なんてことはないよな？」

「ウビャウ!?」

「そら！」

ウィンがゆっくりと起き上がって、ヴァイスが地面に立つ。彼はそのままヴァイスを鼻でつつきまくる。

「ウビャウ！　ウビャビャウ！」

「ほれほれ、降参せんとずっとこのままだぞ」

「ウ、ウビャウ！」

「そのやる気だけは認めるがな。流石に五千を超えるほど生きてきたのだ。若造に負ける訳にはいかんな」

「ウビャウ！」

最後は参った……と言ったように聞こえた。

ウィンもそう判断したのか、ヴァイスを鼻でつつくのをやめた。

ヴァイスは息を荒げて地面に転がっている。せっかくの白と黒のきれいな毛並みが土に塗《まみ》れてしまっていた。

「もう……ヴァイスったら……」

わたしは彼に近寄り、両手で抱き上げて土を払い落としていく。

「これくらいでいいかな？」

大体は落としたけれど、流石に全部は無理だった。どこかで水洗いする必要があるだろう。

「ウビャウ！」

ヴァイスはお礼とばかりにわたしをペロペロと舐めてくれる。

「ヴァイス。ありがとう」

「さて、ヴァイスよ。今の勝負……引き分け……ということでいいか？」

「ウィン？」

どう見ても圧勝だったのに、ウィンはわざわざそう言ってくれる。

すると、ヴァイスは頷きながら声をあげる。

「ウビャゥ！」

「そうだろう。先に倒れたのは俺だったからな」

先に倒れたのはヴァイスだったような……ということは黙《だま》っておいた方がいいのかもしれない。

ウィンの言葉はまだ続く。

「サクヤの第一の従魔はヴァイス。お前でいい。だが、戦闘に関しては、俺の言うことを聞け？分かったな？」

「ウビャゥ！」

「分かればいい。俺はサクヤの従魔に加われた。それだけで満足なのだからな」

ウィンはそう言ってニヤリと笑う。

「ウィンもありがとう」

わたしはヴァイスを抱っこしたまま、ウィンにもたれかかる。

しばらく堪能すると、ウィンが口を開いた。

「さ、そろそろ行くぞ」

「うん」

「ウビャゥ！」

わたしとヴァイスは再びウィンの背中に乗り、ウィンが昔あったと記憶している村に向かうのだった。

再び進み始めたウィンの上で、速いなーこれならすぐに人里に到着できるなーと思っていたら、ウィンが声をかけてくる。

「サクヤ。近くで誰か戦っている音が聞こえる。どうする？」

「様子を見に行ってもいい？」

「構わん。サクヤの言葉ならどんなことでもやってみせよう」

おおう……。そんな風に言われるとプレッシャーが……。

でも今は、その戦いの確認の方が先だ。

魔物同士だったらどうでもいいけれど、人が戦っているなら助けが必要かもしれないからだ。

ウィンが向かう先を変え、先ほどよりも速度を落として走る。きっと気配を消して、敵にバレないようにしながら向かっているからだろう。

「すぐそこだ。大きな声は出すなよ」

「うん」

ウィンの示す方を見ると、そこでは巨人と、二人の人が戦っていた。

巨人の方は、ファンタジー小説に出てくるオーガって奴だろうか。体長が三メートルを超える筋《きん》骨隆々《こつりゅうりゅう》の真っ赤な体に、身に纏《まと》っているのは腰布だけ。だけど、肌《はだ》が元々頑丈《がんじょう》なのか、人が持っている剣の攻撃を肌で弾いていた。そしてその間に持っているこん棒で攻撃を仕掛けている。

人の方は二人とも二十代前半くらいの男だった。どちらもイケメンと呼ばれる部類で、流石異世界と思わされる。

一人は金髪《きんぱつ》を肩口で切りそろえていて、着ている鎧《よろい》はとても美しい銀色だ。剣もそれに似合う白銀の剣で、紫《むらさき》色の光を放っていて、わたしの動体視力では見えないほどに速く振るわれている。

もう一人は艶《あで》やかな金髪を背中に流し、灰色のローブを纏っている。手には先端に大きなこぶのついた木の杖《つえ》を持っていて、時折炎の玉を発射しているので魔法使いなのだろう。

目を凝《こ》らして見ると、オーガの方はニヤニヤと笑っていて、人の方はかなり険しい表情をしている。

わたしは今の状況をウィンに聞く。

「ウィン。このまま何もしないとどうなると思う？」

「十中八九あの人間達は死ぬだろう」

「……ウィンがあのでっかい魔物と……戦ったらどうなる？」

「何を聞いているんだ？」

不思議そうに振り返ってくるウィン。

もしかして、ウィンでも勝てないような強い魔物なのだろうか。ウィンに勝てる聖獣は数えるほどしかいないって言って……ああ、そうか。

戦いに強い聖獣は数が少ないとかだろうか。なら、ウィンに危険な目にあってほしくはない。

でも、それじゃああの人達が……。

わたしが悩んでいると、ウィンは話を続ける。

「サクヤ。俺を心配してくれているのだな？　嬉しいが……あの程度の相手では、俺を侮《あなど》っていると思ってしまうぞ？」

「へ？」

そんな思いもしなかった言葉に、わたしは思わず声をあげてしまう。

「あれはジャイアントオーガだろうが、俺であればここからでも殺せる」

「ここからでも？」

「やるぞ？」

「え？　う、うん」

ウィンがさらっと聞いてきたので、頷いてしまう。

「〈風の牙《きば》〉」

ウィンがそう言うと、わたし達の前に巨大な緑色の、狼の歯形のような魔力の塊《かたまり》が現れる。

そして、それはオーガを目掛けて一直線に、進路上の全てを食らいつくしながら真っすぐに進んでいく。

大きな牙に食われたものは、どこかに消え去っていた。

「な、なんだあれは⁉」

「あれは〈風の牙〉？　なんでこんな所に⁉　気を付けて！　兄さん！」

二人は慌ててジャイアントオーガと距離をとり、ウィンの魔法から離れる。

だけれど、ジャイアントオーガはその巨体故《ゆえ》に避《よ》けることができず、右腕を胸辺りからかじり取られていた。

「グオオオオオオオオオオオオオオ！！！」

それでもジャイアントオーガは死なず、こちらへと真っすぐに走ってくる。

目は怒りで燃えていて、こん棒もかじり取られて失っているのにすごい迫力だ。

「ち、これでも死なんか。タフさだけは優秀だな」

「ど、どうしよう⁉　逃げる⁉　逃げようか⁉」

ウィンの足なら大丈夫だと思う。それに、さっきの二人組もきっとこれなら問題はないはずだ。

でも、ウィンはさらに魔法を唱えた。

「〈風の刃〉」

シュ。

静かな……だけど何かが通り過ぎるような音が聞こえた瞬間、ジャイアントオーガの足が止まり、ダルマ落としのように体がずれていく。

ちょっとグロいのでわたしはすぐに目を逸らした。

「ふん。俺にかかればあんな虫けら……と、悪いな。サクヤには刺激が強いか。〈風の箱舟《はこぶね》〉」

ウィンがさらに魔法を使うと、風はジャイアントオーガの体を持ち上げて上空に飛ばしてしまった。

「あ、ありがとうウィン」

「これくらいお安い御用《ごよう》だ。と、そうだな。オーガは俺達に牙をむいた。やはり絶滅させるべきではないか？」

「ダメだって、そこまでしなくてもいいから」

するとそこで、さっき戦っていた二人組が、少し遠くの方からわたし達を警戒するように見ているのに気付いた。

こちらも二人のことをじっと見ていると、ステータスが現れる。

《名前》　クロノ・リ・ファリラス
《種族》　人間
《年齢》　24
《レベル》　84
《状態》　ケガ
《体力》　1392　《魔力》　203
《力》　687　《器用さ》　332　《素早さ》　590

《スキル》　剣術　看破　直感
《称号》　ファリラス王国第二王子　Aランク冒険者

《名前》　リオン・ル・ファリラス
《種族》　人間
《年齢》　22
《レベル》　79
《状態》　衰弱
《体力》　379　　《魔力》　1540
《力》　83　　《器用さ》　408　　《素早さ》　311
《スキル》　煉獄《れんごく》魔法　氷結魔法
《称号》　ファリラス王国第三王子　Aランク冒険者

「……」

なんで王子様が冒険者……？　と考えていると、声をかけられる。

「すまない。助力に感謝する。君達は……」

どこまでも響き渡る、美しくも力強い声。

その声の主は、第二王子——クロノさんの方だった。

ウィンの言葉を信じるとするなら、創造魔法と神聖魔法が使えるわたしは百万年に一人の存在。

もしそのことをどこぞの王族が知ってしまったらどうするだろう？

きっと……あの手この手で手に入れようとするに違いない。

わたしとしては、今のところこの異世界で何かしたいことがある訳ではない。強《し》いて言えば、この世界で生きていくための基盤《きばん》は作りたいと思っているが、それは田舎《いなか》で平穏なのんびりした生活がしたいとかだ。

なのにだ！

初めて出会った人が王族！

せめてこの世界の常識をもっと知ってからじゃないと、ボロを出しかねない！

これは色々とまずい気がする。

わたしがそんなことを考えていると、クロノさんは話を続ける。

「その凛々しいお姿……もしや……フェンリル様ではありませんか？」

クロノさんはそう言って、ウィンのことをじっと見ていた。

ウィンは面倒くさそうに返す。

「そうだが、貴様は誰だ」

「おれはクロノ、近くのケンリスの街で冒険者をやっています」

あ、苗字《みょうじ》らしき名前は名乗らなかった。ということは、王族であることを隠しているのだろうか。

彼はさらに続ける。

「そしてこちらはおれの弟のリオン。魔法使いです」

「なるほどな。そうだ。訂正《ていせい》することがあった」

「なんでしょうか？」

「俺はフェンリルだが、名をウィンという。以後そのように呼ぶがいい」

「フェンリル様が……名前を持っている？　ということは……」

クロノさんの信じられないというような瞳がわたしの方を向く。

ああ、魔法とか使う前に目をつけられてしまったかもしれない。

でも、人里に行くならヴァイスとウィンの存在は隠せないからなぁ……。できれば今回のこともウィンが勝手にやったことにしてくれたり……。

ウィンは二人の冒険者に説明してやるように話す。

「そうだ。お前達を助けようと言ってくれたのも、この心優しきサクヤだ。感謝を示すならばそちらにしてもらおう」

思いっきりわたしの功績《こうせき》にしてくれやがりました。

まぁ、言わないわたしが悪いんですが。

クロノさんはウィンの説明を聞いてもなお信じられないのか、再び聞いてくる。

「あの……フェン……ウィン様。本当にかわいらしいこの少女が、ウィン様の主になったのですか？」

「だからそうだと言っている」

「……にわかには信じられませんが……いえ、サクヤ様。この度は助けていただいてありがとうございます」

そうかしこまって言われてしまうと、わたしも答えない訳にはいかない。

でも、わたしには完璧な作戦があるのだ。

彼らとは今ここで別れ、わたし達はどこか別のもっと普通の人がいそうな村に腰を落ち着ける。

その方が目立つこともないだろう。

わたしは社会人スキルの作り笑いを浮かべて答える。

「お二人がご無事だったのならよかったです。それではわたし達はこの辺で失礼しますね」

あとはウィンの毛を引っ張ってどこか適当な方向に走ってもらうだけでいい。

でも、そうは問屋が卸《おろ》さなかった。

「お待ちください」

「……なんでしょう」

一瞬聞こえない振りをしようかと考えたけれど、この距離でそれは流石にできないと思い直してやめた。

「あなたのような幼子に頼むのは間違っているかもしれませんが、おれ達と一緒にケンリスの街まで来てくれませんか？」

「……なぜでしょうか？」

「おれ達はジャイアントオーガの前にも強い敵と戦っていて、装備も壊れ、アイテムも消耗《しょうもう》してしまっているんです。だからウィン様に護衛を頼みたくて……。街までいいので一緒に来てくれませんか」

そう懇願《こんがん》してくるクロノさんは本気で困っているようだ。

彼の装備を見ると確かに壊れていて、ヒビが入っていたり欠けたりしている。

もう一人、弟のリオンさんの方に目を向けると——

「天使だ……」

「……」

わたしをじっと見て、よく分からないことを言っていたので無視しよう。

でも、こんなボロボロな人達に、あとは自分で帰れ……なんて言えないよね。

「分かりました。街まで……でいいですか？」

「ああ！　感謝します！」

そう言うクロノさんの笑顔は、とても爽《さわ》やかだ。

そんなわたし達の会話を聞いて、ウィンが言う。

「サクヤと一緒にいられること、そして、貴様らの願いを聞き届けた優しさを孫の代までしっかりと語り継ぐのだぞ」

「それはやめてください」

流石に止める。

こうして、わたし達は一緒にケンリスという街に行くことになった。

クロノさんは上を指さして言う。

「それでは……ケンリスの街に行く前に、あの空中のジャイアントオーガを降ろしていただけますか？　解体はおれ達でやりますので」

「あ、解体するんですね」

「当然だ……でしょう。あいつはAランクの魔物です。その素材はあいつの体が丸々残っていたら豪邸《ごうてい》が買えるくらいにはなるのです」

「そんなに……」

すごくいい笑顔で言ってくれている。

でも、その前にすごく気になることがあるので頼んでみる。

「あの……わたしまだ五歳なので、敬語とか……あと、様をつけるのはやめていただけませんか」

「しかし、ウィン様の主であられるのに……」

だとしてもわたしが嫌だ。

というか、王族の人に様付けで呼ばれてみろ、きっとあの女はすごい存在に違いないと言われるに決まっている。

そこで、助けてくれたのがウィンだ。

「サクヤがそうしてほしいと言っているのだ。ならばそれに従うのは当然ではないか？」

「……ウィン様がそうおっしゃるのでしたら。サクヤ。これからはそう呼ばせてもらっても？」

「はい！　もちろんです！」

「では解体をやらせてもらおう」

そう言って、クロノさん達はウィンに頼んでジャイアントオーガを降ろしてもらい、向かっていった。

ちなみに、わたしは解体とか見たくないので彼らにお任せした。

あんまりグロいのを見ないように、チラチラと見ていたのだけれど、やることがしっかりと分かっているのか、手さばきはとても素晴らしかったように思う。

クロノさんは笑顔で近付いてくる。

「解体は終わった。あの素材はどうする？」

「どうする……とは？」

解体してくれたのだから持っていってくれればいいのに。

そう思っていたんだけれど……。

「どうするって、あれはサクヤが倒したのだろう？　ならサクヤが貰《もら》うべきだ」

「え、えぇ……」

わたしは考える。

この素材をわたしが街に持っていき、売った時のことを。

この素材を持って街に行けば、絶対に戦闘ができる人だと思われるだろう。そして、冒険者になってほしい、こんな危険な依頼をいっぱいこなしてほしいとか言われるに違いない。

絶対に嫌だ。

わたしは……特になりたいものがある訳じゃないけれど、戦闘ばっかりするのなんて絶対に嫌だ。

だから、ここで選択するべきは……。

「クロノさん。その素材……受け取っていただけませんか？」

「なに？　いいのか？　これはウィン様が倒した魔物の素材だろう？」

「ウィン。いい？」

わたしがウィンに聞くと、彼はそんなことを聞く必要はないと言わんばかりの態度で答える。

「サクヤの望むようにしたらいい。必要になったらまた何体でも狩ってくる」

それを聞いて、クロノさんは破顔する。

「それでは……感謝する。サクヤ」

「いえいえ。ただし、一つだけお願いがあるんですが……」

「なんだろう？　おれ達にできることであればなんでも言ってほしい」

「ジャイアントオーガを狩ったのはウィンじゃない……クロノさん達だ……ということにしてもらえませんか？」

「なに？　それはおれ達が手柄を奪《うば》うことに……いや、それがいいのだな？」

クロノさんは何かを察してくれたようだ。

とても助かる。

「はい」

「分かった。これはおれ達が狩ったということにしよう」

「ありがとうございます」

「いや、感謝するのはおれ達の方だ。Aランクとは言っても装備代はバカにならんからな。これで今回の依頼も赤字にならなくてすむ」

嬉しそうに言っているので、どうやら本当のことらしい。

クロノさん達はジャイアントオーガの素材をバッグにしまって歩き出す。

「ケンリスの街はこっちだ」

わたし達三人と二匹は、一緒にケンリスの街に向かって歩き出した……わたしとヴァイスはウィンの背中だけどね。


歩き出してから数時間……多分。

わたしはウィンの背中でいつの間にか眠っていた。

そして、起こされたのだ。

「サクヤ。起きろ。サクヤ」

「う……うぅん……。ウィン……どうしたの？」

「そろそろ食事だぞ。何か希望はあるかと聞かれたから起こしたのだ」

「希望……料理？」

わたしは目を覚まして、急いでウィンの上から降りる。

「あ……」

しかし、子供の姿であることをすっかり失念していたわたしには、この高さはやばかった。

子供の足の力では耐えられない。

襲いかかってくるであろう痛みを覚悟した瞬間、誰かに抱きとめられた。

「おいおい。いきなり飛び降りるなよ。びっくりするだろう？」

そう言って優しい笑顔を向けてくるのは、クロノさんだった。

「あ、ありがとうございましゅ」

やべ、かんだ。

「ふふ、大人びた話し方をすると思ったが、そういうところはかわいらしい幼子なのだな。食べたい料理はあるか？　リオンは料理が得意だからな。大抵のものは作ってくれるぞ？」

「それじゃあ……」

恥ずかしさを誤魔化《ごまか》すように子供らしくオムライス……と言おうと思ってやめる。

この世界にオムライスってあるのだろうか？　というか、この世界に来てまだ二日。だからどんなものがあるのかも分からない。

わたしが何も言えずに黙っていると、クロノさんはわたしを近くのたき火まで案内してくれた。

そこではリオンさんが、地面に置いたまな板の上に、食材を並べていた。

「今はあんまり手持ちがなくってな。それでも何か食べたいものはあるか？」

「……」

そう言われても、見たこともない食材しかない。辛うじて肉は分かるが、豚なのか牛なのかどっちかはよく分からない。そもそも豚でも牛でもない可能性もある。

野菜類は……なんだあれ。

そう思っていると、鑑定が発動したのか、野菜の詳細が出てきた。


【ネギョン……ちょっと短いネギ】

【ジャガーマ……細長い紫のジャガイモ】

【ニンニン……茶色いニンジン】


鑑定すごい。

わたしが分かるように翻訳《ほんやく》してくれていた。

少し考えた結果、わたしはリオンさんにお任せすることにした。

こちらの世界の料理を食べてみたいからだ。というか、今のところわたしは果物しか食べていないし、結局料理名とか分からないから。

楽しみにしつつしばらく待ち、出てきた料理は中々のものだった。

わたしの手の中には、紫色のスープが入った木の器があったのだ。

「これが……」

この世界の料理……と言おうとしてわたしは口をつぐんだ。

この世界で、異世界の人がどのような扱いを受けることになるのか分からないからだ。

もし大切に扱われるとしても、何か大きな使命を果たさないといけなかったり、勇者的なアレとして祭り上げられる可能性すらある。

なら、最初から聖獣を従魔にした迷子の子供、ということにしておいた方がいいだろうと考えたのだ。

……本当にそれで乗り切れるのか怪しく思ってしまうけど。

「どう？　食欲は湧かないかな？」

わたしがぼんやりと考えごとをしていると、クロノさんがそう言って顔を覗《のぞ》き込んでくる。

慌てて料理……木の器に入った紫色のスープを口に入れた。

「ん！　美味しい」

紫色のスープなんて毒のイメージしかなかったけれど、食べてみれば毒なんてない。

それどころか普通に美味しい。

素材の味は地球のものよりも力強い味わいだと思う。調味料も塩程度しか使っていなかったけれど、作り方がとても上手なのか、不満には思わない。

「リオンさんは料理がとっても上手なんですね」

「……ありがとう」

リオンさんは下を向いたままぼそっと話す。

彼の声は理知的と言った方がいいのか、静かな中に芯《しん》が通っているようなものだった。

クロノさんはそんなリオンさんの肩を組む。

「悪いな、サクヤ。リオンは人と話すのが苦手でな。そのうち慣れると思うから、許してやってくれ」

リオンさんはちょっと顔を赤くして、チラチラとこちらとクロノさんを見比べている。

そんなこと言うなと思っているけれど、話したくない的なあれだろうか。

「そう言えば、ウィン様はいいとして、その隣にいるちっこい白い虎はなんなんだ？　それもサクヤの従魔なのか？」

「はい。そうですよ。彼の名はヴァイス。わたしの従魔です」

「ウギャァ？」

ヴァイスが呼んだ？　とばかりに食べていた肉から顔を上げる。

この肉は、移動の途中にウィンが魔法で狩った魔物の肉だ。

「この辺りに虎なんていたか？　どうやって従魔にしたんだ？」

「いえ……それが……」

どう説明しようか。悩ましいと思っていると、ウィンが代わりに口を開く。

「そいつも俺と同じ聖獣だ。サクヤの従魔だから、ケンカを売るなら俺にケンカを売るのと一緒だと思え」

「え」

「え」

ウィンの言葉に二人はまたしても目を丸くする。

一方のヴァイスは、関係ないとばかりに肉を食らっていた。

わたしは特にそれ以上何も言えず、ただじっと二人が元に戻るのを待つ。紫色のスープ美味しい。

しばらくすると、先にクロノさんの方が元に戻った。

「本当なのか？」

「はい？　本当です」

嘘をつく必要もないだろう。多分。

「そうか……聖獣を二体も従魔に……聞いたことがない……」

「あはは、わたしもです」

こっちの世界で初めて話した相手はその聖獣ですが。

「サクヤは本当に何者なんだ？　生まれは？」

わたしは、もしも人に出会った時用に考えていたことを口にする。

「それが……よく覚えていないんです。気が付いたらこの森でヴァイスと一緒にいて……。それで、歩いていたらウィンと出会って従魔になっていました」

よし、嘘は言っていない。

わたしがこっちに転生してくる直前のことをよく覚えていないのは本当のことだから。

クロノさんは信じてくれたのか、頷いていた。

「なるほど……気が付いたら……。それで、どれくらい移動してきたんだ？」

「？　昨日目が覚めたので、そんなに遠くではないですよ」

「そんな最近なのか？　なのにずいぶんと落ち着いているんだな。不安じゃないのか？」

「……ええ、まぁ」

やば、ちょっと喋りすぎただろうか。

でも、クロノさんはにっこりと笑ってくれた。

「とても聡明《そうめい》なのだな。妹に欲しいくらいだ」

王族の……ってことですか？　それはちょっと勘弁していただきたい。

「いえ……わたしではちょっと……」

「そんなことはないさ。嘘じゃないぞ？　サクヤが望むなら……」

「兄さん」

クロノさんのセリフがリオンさんの言葉で遮《さえぎ》られる。

「リオン。どうした？」

「困っている。やめるべき」

わたしはどうしたらいいんだろう、と考えていたところにまさかのリオンさんからの助けが入ったので、びっくりしてしまった。

クロノさんも少し驚いた後、すぐに謝ってくる。

「すまんな。確かにいきなり自分の家族にならないかと言われたら怖いか」

結構本気だったの？　確かに怖い。

「もう……兄さんは……」

「悪い悪い。ところでサクヤ」

「はい？」

「恥を忍んで頼みがあるんだが……」

家族の話が終わったと思ったら、さらにやばそうな話になりそうな雰囲気だ。

クロノさんはとても真剣な目つきでわたしを見ていた。そして、話を続ける。

「実はだな。ここから近いケンリスの街で……」

「兄さん」

クロノさんが何かを言い切る前に、リオンさんが止めてくれた。

「どうした？　リオン」

「サクヤちゃんを巻き込むべきじゃない」

「だが、聖獣を二体も連れているのだぞ？　そこらの騎士団よりも余程戦力になる」

「ダメ」

「……そうか」

クロノさんはリオンさんと向かい合って、話し終える。

そしてわたしの方に向き直り軽く頭を下げた。

「すまん。今の話は忘れてくれ」

「いえ……大丈夫です」

こんな転生したばかりのわたしに一体何を頼むと言うのだろうか。

でもまぁ、聖獣を二体も従魔にしているなら……っていうか、大抵のことはウィンがなんとかしてくれそうな気がする。

だけど、ウィンに頼りすぎるのは……。

そんなことを考えていると、ウィンに声をかけられる。

「サクヤ」

「なに？」

「俺はサクヤがしてほしい……そう思ったことをしてやりたいと思っている。だから、何か迷ったらすぐに言うんだぞ？　いいな？」

「そんな……」

「ヴァイスも同じように思っているさ」

わたしが視線をヴァイスに移すと、彼も大きく頷く。

「ウギャウ！」

「そっか……二人ともありがとう。でも、無理に何かをさせるようなことはしないから大丈夫だよ」

「そうか。だが決心がつくまでいつまでも待っている。ずっと待ち続けていた俺を救ってくれたのだからな」

そうして、わたし達は食事を終えて、ケンリスの街に向かって再び進み始めた。

途中、クロノさんと色々と話した。

できる限り、街に着く前にこの世界のことについて知っておきたかったからだ。

クロノさんには、話を聞けば何か思い出すことがあるかもしれないから……と言い訳してだけど。

聞いたのは、主にこの世界の成り立ちとかの神話みたいなものだったけど、地球の神話とは全然違っていた。

わたしがやっぱりかと考えていると、何か勘違いしたのかクロノさんは気の毒そうな表情になる。

「思い出せない……か」

「すいません……」

「いや、そんなに焦《あせ》ることはないだろう。そうだ、街まで護衛してくれたなら、必要であれば街で生活する助けもしよう」

「そこまでしていただくのは……」

「サクヤのような幼子が気にすることではない。それに、聖獣を連れているのであれば、多くの者達が自分の宿に……と言ってくるに違いないぞ」

「え？　そういう存在なんですか？」

聖獣って尊い存在だとは思っていたけれど、そこまでだったとは……。

「当然だ。聖獣がいるということは、そこは聖獣が認めたいい場所ということだ。ただそれだけのことで、多くの者達があやかろうとそこを訪れるようになるだろう。悪《あ》しき者は恐れて逃げていくはずだ」

「なるほど」

「だから宿代もいらんかもしれんな」

「流石にそれは……申し訳ないですよ」

聖獣を連れているからといって、そんな人の期待につけ込むのはよくないと思う。

わたしがそう言うと、クロノさんは微笑《ほほえ》んで答える。

「だろう？　そういうことを言えるような心の清らかな者でなければ、聖獣に近付くこと……ましてや従魔にするなんてことはできないんだよ」

「あ……う……」

正面からそんなことを言われてしまうのはちょっと恥ずかしい。

「そうだろう。サクヤのことをもっと褒めるといいぞ。この俺が従魔になったのだ。サクヤ以上の人間などおらん」

「ウィン……」

ウィンまで……。

恥ずかしくなったわたしは、ウィンのモフモフに顔を隠し、見られないようにするのだった。

それから、のんびりと歩いて――わたしとヴァイスはウィンの背に乗ってだけれど――夕方になったところで野営の準備をする。

「よし、ではこれを設置して……」

そう言って、クロノさんがどこからともなく大きなテントを出した。

組み立て前のバラバラな物だけれど、その大きさはどう見てもクロノさんが持っていたとは思えないサイズだ。

クロノさんは慣れているのかテキパキと組み立てていく。

「あの……それは……」

わたしはどこから出したのか分からず聞くと、クロノさんは教えてくれた。

「ああ、これは魔道具で魔物避けの機能がついたテントだ。これがないと見張りを立てないといけないから、冒険者ならまず欲しい品だ、値は張るがな」

「そういうことではなく……どこから出したんですか？」

「ん？　そうか。マジックバッグも見たことがないか。これは空間魔法がかけられていて、品物を外に出すことができる魔道具だ。このテントもその中に入っていたんだ」

クロノさんはそう言いながらテントの組み立てを続ける。

「魔道具！　いいですねそれ！」

魔道具といえば、ファンタジーで魔法に並ぶ便利道具だ。もしかしたら、神の力で作られた道具とか、えげつないほどの力を持つ物もあるんじゃないだろうか。

「サクヤは魔道具に興味があるのか？」

「はい。やっぱりすごい魔道具とかどんな性能があるのか気になります」

「そうか。おれが知っているのは魔剣などだな。炎を出す魔剣だったり、空間を切り裂《さ》く防御不能な必殺の一撃を放ったりする物もあるんだぞ」

「すごいですね！　そんな魔道具があるなんて……」

「おれが知っているのはこれくらいだが、世界にはもっとすごい能力を秘めた物もあるらしいぞ」

「なるほど……」

そうなんだ。じゃあわたしのスキルにあったアイテムボックスも、意外とばれても問題ないのかな？

防御不能の必殺の攻撃ができる魔道具とかあるんだし、スキルでそれくらいあってもおかしくないよね？

というか、マジックバッグがあるんだから、アイテムボックスのスキルも普通にあるもので、意外と使える人がいるかもしれないよね。

「あの、アイテムボックスって聞いたことあります？」

――ガシャン。

ひえ。

クロノさんが持っていた物を落とし、目が鋭くなったような気がした。しかも、なんか雰囲気が重たくなったような……。

「サクヤ」

「は、はい」

「もしかしなくても、アイテムボックスっていうスキルは持っていたりはしないよな？」

その声はどこか、持ってないと言ってほしいと言っているように聞こえた。

「……ただ聞いただけですよ」

わたしがそう言うと、彼はニコっと笑って、さっきまでの雰囲気を霧散《むさん》させる。

「そうかそうか。よかった。アイテムボックスなんて持っている子がいたら、拝《おが》み倒してどうやってでも自分の元に連れて帰るっていう人が後を立たなくなるからな。人前でそんな話をしたらダメだぞ？　そんな話をサクヤみたいな小さなかわいい子がしてしまったら、勘違いされて本当に危険だから」

「そ、そうなんですか……あはは。気を付けます」

なんとなく想像はつくけれど……。この世界のアイテムボックスとはどんな能力なのだろうか。

でもクロノさんには怖くて聞けない。

『アイテムボックスについては俺が教えてやろう』

「ひゃわい!?」

突然、頭の中でウィンの声が聞こえた。

「どうした？」

「な、なんでもないです」

いきなり脳内でウィンの声が聞こえて驚いてしまった。

わたしがウィンの方を見ると、彼の声が頭の中で聞こえる。

『驚くな。これは念話だ。従魔であれば使える、俺達だけにしか聞こえない会話だ』

どうやってやるんだろう。そう思ってウィンを見つめていると、教えてくれる。

『頭の中で俺に伝えたい……と念じながら話せ』

言われた通りに考えて頭に言葉を思い浮かべる。

『こう……？』

『お、すぐにできるとは、流石サクヤだ。百万年に一人……いや、一千万年に一人の人間よ』

『なんで桁が上がっているの……？』

『決まっている。アイテムボックスのスキルを持っているのだろう？　創造魔法に神聖魔法。さらにアイテムボックスとは……どこまで希少スキルを集める気だ？』

『気が付いたら持っていたんだもん……』

ウィンにはアイテムボックスの件はバレていた。でも、せっかくなので聞かせてもらう。

『それで、アイテムボックスってどんなスキルなの？』

『そうだな。戦争を引き起こすスキル……と言っても過言ではない』

「……」

いきなり戦争に？

なんでそんな恐ろしいことになるのかとウィンを見つめると、説明を続けてくれる。

『過去におったのだ。そのスキルを使い、とある国の高官という立場を使って、あらゆる国の宝物庫に忍び込み、宝物を根こそぎ奪っていた者がな。そしてそのことがバレて、盗まれた国は大激怒、盗んだ国は時を待たずして滅んだ』

なんて厄介《やっかい》な昔話だろう。

クロノさんが警戒するのも分かる。

『効果としては、無制限の収納空間と時間停止機能がついている』

『ああ、よくある……』

『よくある？』

異世界モノの漫画なんかではよくあるやつだから言ってしまったけれど、こっちでは普通じゃないんだ。

『な、なんでもないよ。それで、アイテムボックスを持ってるのがバレると……？』

『アイテムボックス持ちだとバレると、国が本気で管理に乗り出すだろう』

『もう役満《やくまん》だと思っていたけど……これ以上役は増えないよ？』

『安心しろ。誰が狙《ねら》ってこようと、俺が牙で切り裂いてやる』

『そんな生活はしたくないよ……』

『ならばそのスキルのことは言わないことだ』

『そうする……』

人に言えるスキルって一体何があるんだろうか……。怖くて聞けない……とりあえずはこのままでいいかな……。必要になるようなこととかないだろうし。

そこで少し気になったので、わたしはウィンに追加で聞く。

『それじゃあ鑑定っていうスキルは知ってる？』

『鑑定……？　いや、そんなスキルは知らないな。持っているのか？』

『うん。それで人のステータスとか見れるんだけど……』

『ふむ……そのすてーたす？　とはなんだ？』

わたしはそう聞かれて驚いてしまった。

ウィンがステータスの存在を知らないなら、あの半透明に見えているステータスらしき数字は一体なんなんだろうか。

わたしだけが見える何か……とか？　でも、それなら隠蔽する必要はあるんだろうか？

『……』

『サクヤ。どうかしたか？』

『あ、ううん。なんでもない。ちょっと考えごと』

考えても答えは出てこないし、別のことを考える。

それは、この念話……ヴァイスには通じるのだろうか？　ということだ。

わたしはウィンの背中の上で気持ちよさそうに丸まって寝ているヴァイスに目をやって、また今度声をかけてみようと決めた。

それからリオンさんが美味しいご飯を作ってくれて、夕食は昼よりも豪華《ごうか》だった。

話を聞くと、本来だったら昼はパンと干し肉程度だけれど、今日は疲れた体を少し休めたかったから特別だ……という話だった。

肉やシチューなどかなりの量があって、どれを食べようか迷ってしまう。どれも少しずつ貰って食べたけれど、とても美味しかった。

あとは寝るだけ……という時に、今晩の見張りについて話し合うことになった。

「おれ達が交代でする……ということでいいか？」

「いや、今夜は俺が結界を張っておく。それを突破できる者などいないし……いたとしても突破される最中に俺が気付く」

ウィンがそう言うと、クロノさんは困ったように眉《まゆ》を寄せる。

「そういう訳には……」

「一度魔法を発動させておけば問題ない。気にするな」

「何から何までありがとうございます」

クロノさんは少し迷ったあと、素直に頭を下げてくる――わたしに向かって。

「あの、なんでわたしに頭を下げるんですか？」

「従魔のしたことは、いいことも悪いことも主の責任だ。それに、ウィン様は先ほどからサクヤに言うように……と言っていたからな」

「そうかもしれませんが……」

年上の人に頭を下げられるのはちょっと……あ、日本での経験も合わせればわたしの方が年上か。

「それで、感謝の証《しるし》……という訳ではないが、これをおれ達から贈《おく》らせてくれ」

そう言って彼らが渡してきたのは、彼らが使っているものと同じ、魔物避けのテントだった。

「これは……？」

「一応予備で持っていたものです。今はお金がないから、これで許していただけないだろうか」

「そんな……悪いですよ」

一緒についていってご飯をごちそうしてもらっただけである。

高価とも聞いているので、素直に「はいそうですか」とは受け取れない。

「だが、ウィン様が護衛してくれたから無事にここまで来れたのだぞ？」

「そうなんですか？」

「ああ、ジャイアントオーガがいたように、この森はAランクやBランクの魔物がいっぱいいるんだ。普通に歩けば、二十分に一体は出会うほどだ」

過密すぎる。縄張《なわば》り争いとかどうなっているのだろう。

「でも、わたしはウィンに包まれて寝るのが好きですので……」

それは本当のことだった。

「だけど、雨はどうするのだ？」

「俺の結界が全て弾《はじ》く」

「では、ウィン様が寒くなった時は？」

「俺はフェンリルだぞ。氷しかない極寒《ごっかん》の地でも寒さなど感じないし、俺の毛の中なら問題ない」

ウィンが一刀両断して後押ししてくれる。

でも、クロノさん達もこのままという訳にはいかないのだろう、まだ食い下がる。

「だが、もしこの先、サクヤが誰かを助けた時に、寝かせる場所はあった方がいいのではないか？」

「なるほど……」

「だろう？　これはあくまで予備、新品だから気にせずに受け取ってくれ」

「あ、ありがとうございます」

そこまで言うのであれば仕方ないと思い受け取った。

何かしなければ王族のメンツ的にも……ということもあるのかもしれない。受け取って彼らの気がすむのであればそれが一番だ。

あと、明日か明後日にはケンリスの街に到着するらしいけれど、街の中に入るべきかどうか……ちゃんと考えておかないと……。

わたしは、軽くヴァイスと遊んだり、撫でて構ったりした後に眠りについた。

◇◆◇◆◇

おれはクロノ・リ・ファリラス。

今はリオンと共に、サクヤ達が寝たかを確認したところだ。

「寝たか？」

「多分。でも、フェンリルなんて聞いてないよ……」

「助かったからいいじゃないか」

「まぁ……ね」

そんなことを話しながら、おれ達はテントに入り、今日起きたこと、聞いたことについて話し始めた。

「早速だがリオン、サクヤ達のことをどう思う？」

一応、聞かれないように、テントの外に音が漏れなくなる魔道具を起動させている。

「僕は……いい子だと思うよ」

「目を奪われていたしな」

「だって、こんな危険なダンケルの森の中で、あんなかわいい子がいるとは思わなかったんだもん。幻覚《げんかく》でも見せられているのかと思ったよ」

「違いない。おれだって聖獣が一緒じゃなきゃ、レイスか何かと疑っていただろうな」

「兄さんの直感でも何か感じていたの？」

「いや、普通の子供のように感じていた。だが……普通の子供がこのダンケルの森で生きていけると思うか？」

「……千人入って一人出てこれたら奇跡……だよね」

そう言うリオンの表情は暗い。

それほどにこのダンケルの森は危険な場所なのだ。

サクヤはこの森に捨てられていた……それも記憶を失って。

ということは、それだけ念入りに……かつ、自分達でとどめをさせないような人物ということだ。

おれの頭では思いもよらない何か……おそらく深い事情があるのだろう。

「そんなサクヤをどう扱うべきだと思う？」

「それは……僕じゃ決められないよ」

「お前自身はどうしたい？」

「一緒にいたい……かな。僕の料理を美味しいって言って食べてくれたからね。もっと作ってあげたい」

そう話すリオンの口元は笑っていた。

「そうだな。おれももっと話してみたいところではある。子供に似合わぬ聡明さに、聖獣達を崇めるでもなく、疎《うと》むでもなく、まるで友のように接するその態度。信じられん」

聖獣とは、この世界をよりよくするために神から使わされた存在とされる。

聖獣が街に住みついたとなれば、それだけで多くの信心深い民が訪れ、その街や……村であっても長く繁栄《はんえい》するとされている。

冗談《じょうだん》ではなく雲の上にいるかのような存在、それが聖獣なのだ。

「だよね……ヴァイス様という白虎だっけ？　ただの赤子のように扱ってたよ……一緒に遊んでたし。絶対神の御使《みつか》いとかそういう存在だと思う」

「なら……サクヤに対しておれ達はどう接しなければならないと思う？」

「それは……悪い虫がつかないようにするべきだと思う。彼女がのびのびと育って……この世界を好きになってくれるように」

「だな」

でも、ここで問題がある。

「おれは、おれ達の目的のためでもあるが、ケンリスの街に住んでもらいたいと思っている」

「兄さん。それは勝手すぎるよ。ケンリスの街だって……いいことばっかりという訳じゃない」

「だが、誰かがサクヤのことを見守ってやらねばなるまい？」

「それはウィン様がやってくれるよ」

「サクヤは人だ。人間の世界も知ってもらうべきじゃないのか？　これからはウィン様だけでは対応できないこともあるだろう。その時に力になって見守ってやれるのは、おれ達じゃないのか？」

「……」

リオンはおれの言葉に黙ったままだ。

「だが……確かに勝手を言っているのは分かる。もし……ケンリスの街に住んでもらえないのであれば、いっそのこと、おれ達もあの街での仕事を放り出してでもついていくか？」

おれ達はやらなければならない大事な仕事がある。

だけれど、その仕事はサクヤを守ることより大事なものではないような気がしていた。

「それは……そうかもしれないけど。流石に兄さんや父さんがなんて言うか……」

「なに、会った時に説明すればいいんじゃないのか？」

「なんて説明するのさ……聖獣二体を従魔にした幼子に会った。その子を守るために仕事を放っておいた……そんなこと言って信じると思う？」

「ううん。確かに信じがたい気がするな」

「信じがたいじゃないよ。信じられないと僕は思う」

確かに、実際にウィン様にそうだと言われるまで信じられないと思っていた。

「ではどうしたらいいのだろうか？」

どうすれば、サクヤを見守ることができる？

すると、リオンが考え込みながら口を開く。

「やっぱり……なんとかしてケンリスの街で一緒に住んでもらう……というのがいいと思う」

「だが、それは先ほど難しいと言ったじゃないか。それに、聖獣に住んでもらうなどと……しかも、一度住んでしまったとなれば、居を移すことは難しいのではないか？」

「なら、そもそも聖獣だと言わないようにしてもらえないかな？　そしたらいざという時も、街から出やすいし」

「なに？　聖獣は聖獣であることに誇りを持っている。それを黙っていろとは……」

「だけど、サクヤちゃんは頭がいい。もし住むことになった場合、そうしてくれた方が僕達も力になりやすいと言ったら、理解してくれるんじゃないのかな」

「だが……」

しかし、それはあくまでおれ達の都合だ。

彼女達には彼女達のやりたいこと、やるべきことがあるんじゃないのか？　であれば、無理に街に住ませようとしない方がいいんじゃないか？

「兄さん。考えてみてよ。サクヤちゃんは聖獣を連れている。そして、聖獣は人を正しき道へと導く存在でもあるんだ。もし……僕達が間違ったことをしたとしたら、彼らが僕らの間違いを指摘してくれる」

「リオン……」

「僕達には、あの街の調査っていう重要な役割がある。その役割が僕達に与えられたのは、僕達にしかできないからだ。いろんな立場で、上からも下からも色々なものを見てきた僕達しかね」

真剣にそう言うリオンは、ここに来るまでにあった様々なことを思い出しているのだろう。

王族としての景色、そして、冒険者として低く見られた時のことを。

「だから、サクヤちゃんには……僕達のことを身近で見ていてほしい。こうして世の中をよくしようとしている人間がいるって知ってほしいし、間違っていたら教えてほしい。それに、近くにいてくれた方が、僕達もサクヤちゃんにいろんなことを教えてあげられる。ウィン様やヴァイス様に任せておけば安全かもしれないけれど、サクヤちゃんは人間だ。僕達ができることをしてあげたいと思う」

力強く言い切るリオンに、おれはふっと笑みを浮かべた。

「いつになくよく喋るな？」

「そ、それは……大事なことだから……。僕達にとっても、サクヤちゃんにとっても」

「まぁ、そうだな……だが、それを決めるのはサクヤだ。サクヤには健《すこ》やかに育ってほしいとは思っている。だがおれ達は冒険者でもあるだろう？　ずっとサクヤを見てやれる訳じゃない。どうするんだ？」

「そこは……プロフェッサーや、先生に預かってもらって、この国のことを教えてもらったらどうだろう？　僕達よりも教養があるし、僕達が仕事でケンリスの街を離れる時にも任せられるんじゃないかな。サクヤちゃんなら絶対に気に入ってもらえると思う」

「先生はまだしもプロフェッサーか……いや、それでもこの国を知ってもらう。という意味では意義があるか」

「うん」

おれは少し一人で考える。

リオンはそのことを理解しているのか、話しかけないでいてくれた。

「……どうなるかは分からんが、街に着いた時に聞いてみよう」

「ありがとう、兄さん！」

「別にお前だけのためじゃない。おれのためでもある」

「うん」

そして、夜は更《ふ》けていく。

第3話

翌日。

わたしはウィンのモフモフに包まれて目を覚ます。

これで二回目だけれど、とてもいい。

本当にとてもいい。

最初はちょっとチクリとするかなと思っていたのだけれど、毛量が多いのか全てを受け止めてくれる気がする。少し包まれているだけでとても温かく、ここにいていいんだという気持ちになった。

わたしの体を全て包み込んでいて、視界のほとんどがウィンの毛だ。

少し体を起こせば周囲の景色が見えるけれど、ウィンの中にいると安心感があって、これはこれでいい。

ずっとこうしていたい……。

「っていうのは流石にダメになりそう」

寝ている時も、移動の時もずっとウィンに包まれている。ここから出るのはご飯を食べたりする時くらい。

せっかく異世界に来たのに自堕落《じだらく》な生活が過ぎる。

『どうかしたのか?』

わたしが背中の上でもぞもぞしていたから、ウィンが気付いて念話で話しかけてくる。

ちょうどいいと思って、わたしは答えた。

『ウィン。わたし、魔法の練習がしたいんだけど、どうしたらいいかな?』

『魔法の練習?』

『そう。こうやっているのもいいんだけど、流石に何かしたいなって思って』

すると、ウィンがきょとんとした声をあげた。

『別にサクヤはそのままかわいくていいんだぞ？』

『そのままって……？』

『俺が飯も取ってくるし、必要な物は用意しよう』

『……』

あかん。

このままウィンに全てを任せていたらわたし、何もしない人間になってしまう。

生活の基盤がどうとか考えていたけれど、正直ウィンがいるだけでほとんど解決しそうだ。だけど、それに頼っていてはよくないことは分かった。

『ウィン……そう言ってくれるのは嬉しいけど、流石にそれに頼りきるのはよくないよ。だから魔法を教えて？』

『……そこまで言うなら教えてあげたいところだが……。俺にはできそうにない』

『え？　この前教えてくれたじゃない？』

『あれは一般的な魔法の基礎《きそ》を教えただけだ』

『それじゃあ、わたしの魔法をどうにかして使っていたのは？』

『それができるから俺は教えられんのだ』

どういうこと……？

わたしが分からずにいると、ウィンは教えてくれた。

『俺達聖獣にとって、魔法を使うことというのは息をすることと一緒なんだ。だから自分と世界の魔力を合わせて作る。これだけのことだろう？』

『え？　でもどうやって合わせるのか……とか、どんな魔法を使うのか……とか……』

『想像したらすぐにできるだろう？　むしろなぜできない？』

あ……そういう……。

聖獣達っていうのは魔法に関しては全員？　が天才……とかそういうレベルなんだ。

天才すぎて、どうしてできないのか分からないということなんだろう。

『分かったか？』

『うん。分かった』

『しゃくだが……すぐそこに、人間の中ではそこそこ魔法を使える者がいる。そやつに聞いてみるといい』

『ありがとうウィン』

『気にするな。サクヤがやりたいようにやるといい』

それからわたしはリオンさんに向かって声をかける。

「あの、リオンさん」

「……なに？」

リオンさんは少し難しそうな顔をした後に、こちらを振り返ってゆっくりと近付いてくる。

わたしは声をかけたはいいものの少し悩んでしまう。

本当に頼んでもいいのかどうかを。

だって、相手は王族だ。

わたしがそんな身分の高い人に頼んでいいのか。

それも、ただこうしていると暇……いや、自堕落になってしまうから……なんて理由で。

わたしが悩んでいると、リオンさんが聞いてくれる。

「どうかしたの？」

でも、もう声をかけてしまった。

なら、言うしかない。

「あの……もし面倒なら……断っていただいていいんですが、魔法を……教えていただけないでしょうか」

「魔法を？」

「はい」

「でも……魔法ならウィン様も使えるんじゃないのかい？」

「実は……」

さっきウィンから聞いた言葉をそのまま伝えた。

すると、リオンさんは納得したように頷いて、クロノさんの方を向いた。

「なるほど。そういうことか。兄さん」

「どうした？」

「サクヤちゃんに魔法を教えたいんだ。だから周囲の警戒をお願いしてもいい？」

「もちろんだ」

「ありがとう」

リオンさんはそう言ってわたしに向き直る。

「それじゃあ……始めようか。ちなみに、魔法の使い方はどこまで知ってる？」

「あ……自分と……世界の魔力を感じ取って合わせるところまではできます」

「え？　僕は何を教えたらいいのかな？」

「どんな魔法があるのか……とか、どうやって魔法を人の役に立てるのか……とか。そういうことも教えてほしいです」

仕事の基本は人の役に立つことだ。だから魔法がどうやって人の役に立っているのか……ということは重要なことのように思えた。

リオンさんは驚いた後、ふっと優しく笑う。

「サクヤちゃんはすごいね。そんなことまで考えて」

「い、いえ……」

「分かった。そこまで言うのなら……僕もできる限りのことをするよ」

「ありがとうございます」

わたしは深々と頭を下げる。

「そ、そんな、頭を上げて。とりあえず、基礎的なことはできるみたいだから、自分の属性を知る……っていうところからやろうか」

「自分の……属性を知る……？」

たらりと汗が背中に流れた気がする。

ここで言う……魔法の属性というのはつまり……。

「そう。属性。僕は結構希少な魔法を持っていてね、煉獄魔法と氷結魔法っていう魔法を使えるんだ」

リオンさんは少しドギマギしたような笑顔で説明してくれるけれど、もしこのままいくと……。

わたしの創造魔法と神聖魔法がバレてしまうかもしれない！

魔法を習いたいってなったら、自分の属性を知る話になるのも当たり前だよね。

ちょっと前に、魔法が使えたらなーとか適当に考えていた自分を殴《なぐ》りたい。

「どうかしたの？」

リオンさんが心配そうに顔を覗き込んでくる。

わたしはウィンのモフモフの中に隠れたい気持ちを押しとどめて、リオンさんに向き直った。

「なんでもないです。よ、よろしくお願いします」

とりあえず話だけでも聞こう。

そして、誤魔化せそうにない感じだったら、失敗したとか言って魔法を使わなければいいんだ。

「それじゃあ説明するね」

「よろしくお願いします」

「じゃあまずは、これを手に着けて」

リオンさんがマジックバッグから出したのは、銀色の腕輪だ。

「これを着ければいいんですか？」

「うん」

「……分かりました」

わたしがそれを腕に着けると、シュンとわたしピッタリのサイズになる。

「うわ」

「それは自動サイズ機能がついているからね。それから、その腕輪に魔力を通して上に何かを放つ……。ということをしたら適性が分かるよ。それに、空に上がったものの大きさでも適性も分かるからね」

「空に上がるもの？」

「うん。火魔法だったら火の粉が上がるし、水魔法だったら水滴が空に上がっていくよ。二つとも持っていたら両方上がるんだ」

「……なるほど」

やばい。もう逃げられないかもしれない。

でも、もしかしたら何か抜け道があるかもしれないので全力であがく。

「あの……実はわたしに魔法の適性がなかったり……」

「魔力を感知できたんだよね？　それなら魔法は絶対に使えるよ」

バカ。わたしのバカ。

使えるって言ったから……。

「そ、それじゃあ、魔力を通すことが失敗したりは……」

「それの補助機能もあるよ。その腕輪に魔力が集中していっている感覚があるから、それに従ってやっていけば、ほとんどの人ができるんだ。むしろ、それがないと本当に魔法を覚えるのが大変だから、開発してくれた人さまさまだね」

ちくしょう！

ウィンが教えてくれた方法は、昔のものだったってこと？

……でもそれはしょうがないことだよね。

ウィンは三百年もあの牢の中にいたんだし、なんなら魔法とか自分で簡単に使えるから、人から教えてもらう必要とかないんだもんね。人間の技術力の向上に乾杯《かんぱい》だ！

……ふぅ。そんなことを考えて逃げている場合ではない。

リオンさんがまだやらないの？　と心配そうな目を向けている。

何か使えるものはないか……。

そう思って下を見ると、ウィンのモフモフが見えた。しかも、わたしの体を隠すぐらいのモフモフだ。

「……」

これはいけるのではないかと思った。

わたしはウィンのモフモフの中でうつ伏せになって、両手を前に出す。

「サクヤちゃん？　何してるの？」

「ちょっと……こうしたい気分なんです！」

うまい言い訳が浮かばずにこんなことしか言えない。

でも今は必死なんです！

「そ、そう……確かにリラックスした状態でやるのが一番いいからね……？」

「では……集中したいので、少し……離れていてもらってもいいですか？」

「うん」

リオンさんは素直にわたしから離れてくれる。

ありがとう、でもごめんなさい。

わたしはリオンさんに気付かれないように、そっと腕輪を外す。

そして、創造魔法をぶっつけ本番で使うことにした。

バレないようにするのってこんなに面倒なんだ……と思いつつも、バレた時の方が絶対に面倒だからこうするしかないのだ。

確か、水魔法だったら水滴が飛んでいくんだったよね？

なら、わたしもそれに合わせてやっていくのがいいかな。

よくある四属性だったら水属性が一番安全そうだし、いざという時に飲料水にできることを考えても一番いいんじゃないか。

というか、火の玉とか、土の塊が一回上がってから落ちてくるとか怖すぎる。それに風はどうやって判断するんだろうか？　見えなかったからもう一回とか言われたら困るので一発で分かる水が最善だと思ったのだ。

よし、空に打ち上げる魔法は決まった。だけれど、打ち上げる威力をしっかりと考えていかないといけないだろう。これでも桁違いの魔力を持っている。

うっかりしたら、とんでもない魔力を込めてしまってやばい存在だとバレてしまうかもしれない。

そうならないように、ちゃんと……魔力を絞《しぼ》る。

百分の一……これくらいがっつりと絞って、空に上げる魔法は本当に小さな水滴。

これでやっていけば、きっとリオンさんも騙《だま》されてくれるんじゃないだろうか。

「よし……行きます！」

わたしは創造魔法で小さな水滴が上がる想像をして、空に打ち上げた。

それと同時に、腕輪に力が持っていかれるような気がする。

次の瞬間、夜になった。

「え？」

「え？」

「え？」

「む」

「にゃむ……」

何が……と思った時には、それは降ってきた。

バッシャアアアアアアアアアアアアン！！！

「……」

わたしは魔力を限界まで絞って魔法を使ったつもりだった。

でも、想像以上に魔力が入ってしまったらしい。

夜になったと思ったのは、それだけ大きな水の塊がわたし達の上にできたからだ。

「なんで……洞窟の時は……」

ずぶ濡《ぬ》れになりながらそう言うと、ウィンが教えてくれた。

『手に持っているその腕輪、持っているだけで魔力を引き出そうとする効果があるのだろう』

「あ……」

だからわたしの魔力が引き出されてしまったのだろう。

わたしの近くで気持ちよさそうに寝ていたヴァイスが、水攻めで起こされて慌てている。

でもいつか洗おうと思っていたからある意味ちょうどいいかもしれない……いやダメだな。

申し訳ないので撫でておいた。

そして、それ以外の人達は……。

ウィンは何事もなかったかのようにその場に立っている。

クロノさんはとても驚いたような顔でわたしをじっと見つめている。

そしてリオンさんは……。

これ以上に上があるのか、というレベルで顔を輝かせ、目をまん丸に開き、わたしに寄ってくる。

わたしは慌てて腕輪を腕に着けて、リオンさんと向かい合う。

「サクヤ様」

「……はい」

なんで様。

「賢者《けんじゃ》目指してみない？」

「け、賢者……ですか」

「うん。この世界の知識を統《す》べる、もっとも尊敬されるべき人だよ」

「……」

違った意味で厄介なことになってしまった。

「け、賢者……ですか？」

わたしは訳が分からずに聞く。

「うん。さっき、どうやって魔法で人の役に立てるのか、っていうことを聞いていたでしょう？

賢者になれば多くの人の役に立てると思う」

「ど、どうしてでしょう？」

「賢者はこの世界の知識を統べると言われる存在でね……多くの国は賢者の言葉には耳を貸すんだ。

だから、サクヤ様のように心の清《きよ》い人が賢者になれば、多くの人が救われると思う」

リオンさんは静かに、淡々《たんたん》とだけれど、そう言ってくれる。

とても、嬉しいけれど……。

「サクヤの生き方を貴様が決めるな」

そう言って止めてくれたのはウィンだ。

「ウィン様……」

「サクヤはまだこの世界を知る段階なのだ。それを知ってからでも遅くはあるまい」

「そう……ですね。少し焦ってしまいました。サクヤ様も……申し訳ありません」

リオンさんは静かに頭を下げる。

「い、いえ、気にしないでください。というか頭を上げて……」

「ありがとうございます。でも、もしも賢者に興味がありましたらいつでも声をかけてください。あなたのためなら、僕はできることはなんでもします」

「そ、そんなことは必要ありませんよ」

賢者とか言われても何が何なのかよく分からない。

異世界の賢者って、魔法がすごい人っていうイメージしかなかったけど、どうなんだろうか。

あ、でもわたしもそうか。魔法はなんでも使えて兆単位の魔力がある。ないのは魔法の知識と技術くらいだからね。

その知識さえあれば、賢者と言ってもいいかもしれない。興味ないけど。

「謙虚《けんきょ》なんですね。それほどの方だからウィン様達を従魔にできるのでしょうか……」

そういう理由なのかどうかはわたしもよく分からないけど。

「あ、あの、それよりも魔法の講義を……」

「あ、失礼しました。まずは……魔法の講義から……ということにした方がいいですね。サクヤ様は水属性であることが分かったので、今後それを基準にやっていきましょう」

「ありがとうございます」

「ええ、それではやっていきます」

それから、わたしはリオンさんの講義を聞き始める。

魔法の属性は多岐《たき》にわたり、基本的な火、水、風、土に始まり、雷、氷、光、闇《やみ》、時、空間、回復、結界、浄化等々、本当に色々とあるらしい。

リオンさんの煉獄魔法や氷結魔法はかなり珍《めずら》しく、持っていれば魔法使いとしてはどこでも歓迎されるそうだ。

他にも一族にしか伝わらない魔法などもあって、この世界にある全ての魔法の種類となると、正確な数は想像もつかないとか。

「それで、もっとも珍しく、効果も桁違いと言われているのが創造魔法と神聖魔法だね」

「……はい」

万物を作る創造魔法を使って砦《とりで》を築いたという逸話《いつわ》が残っているそうだし、神聖魔法は神の名を冠《かん》した魔法だけあって、桁違いの効果を発揮するらしい。

大まかな違いとして、創造魔法は物質を作る魔法、一方で神聖魔法は物質に干渉する魔法なのでは……と言われているそうだ。

ただ、その持ち主があまりに少ないため、実際にどうなのか分からない部分も多く、研究機関は頭を悩ませているとか。

これ、両方持っているって言ったらどうなるんだろう。

……うん、言えないな。

なんて考えている間にも、リオンさんの説明は続く。

「そして、魔法を素早く使えるようにするには、詠唱《えいしょう》が必要なんだ」

「魔法を早く使うのに詠唱をするんですか？　遅くなりません？」

「確かに、口で詠唱をした分だけ発動が遅くなるかもしれない。それは正しい。でも、どれだけの規模で魔法を使うのか、ということを戦闘の中で想像しながら戦うのはとても危険なんだ。分かるかい？」

なるほど。この相手には、これだけの威力を込めて……という感じで考え込むのが、戦闘においては致命的になるということだろう。

「分かります」

「流石だね。その点、詠唱であれば、これだけの規模をこの方向に向けて放つ、ということを決めておける訳だ。そうすると、やはりその分だけ魔法を発動させるのが早くできるという訳」

「参考になります。詠唱は決まっているんですか？」

「そうだね。必ずしも決まっている訳ではないんだけど、みんな分かりやすいように作っているから、大体似たり寄ったりだよ。自分で詠唱を考えている、オリジナリティがある人もいるけどね」

なるほど。

最初はそういう人達の詠唱を覚えて、まずは魔法を安定して使えるようになるのがいいだろう。

それからも、魔法の使い方や歴史などをリオンさんに教えてもらう。

リオンさんの教え方はとても上手で、もっと魔法について知りたいと思うようになっていく。

あ、濡れていたのはリオンさんが魔法で全員を乾かしてくれた。


時間はあっという間に過ぎていき、ご飯の時間になった。

食事をしながら、クロノさんが話す。

「しかし大分ケンリスに近付いたとはいえ、魔物が全く出ないなんてことあるんだな」

そういえば、この森では二十分に一体は魔物に出会うと言っていたはずだ。

午前中は、ずっとこの場に留まって魔法の勉強をしていたけれど、確かに見なかった。

ウィンがクロノさんに答える。

「それは俺が狩っていたからだ。といっても、話に聞いていたより数は少なかった気がするが……」

「へー、それじゃあどっかに移動でもしているのかな？」

「!?」

わたしが適当に言うと、クロノさんとリオンさんの顔色が変わる。

「ど、どうかしました？」

ちょっと焦って聞くと、二人はなんでもないと言うように首を横に振った。

「いや……過去に似たことが一回あったが……あくまで一回だけだ。気にするほどのことじゃない」

「だね。そう何回もある訳がないと思う」

そう話してくれただけで、リオンさんは別にしても、クロノさんまで静かになってしまった。

食事を終えたわたし達は、魔法の講義はいったん終了して、街に向かうことになった。

このペースなら今日の午後にはケンリスに着くらしいのだけれど、近付けば近付くほど、クロノさんとリオンさんは気を張っているように感じられる。

だから、わたしは邪魔をしないよう、気付かれないように魔法の練習をしていた。

創造魔法で水を作ったり、砂を作ったりと、触れるようなものはできる限り作っていくことにした。

どうやら、触ったことのある無機物は、最低限の構造を理解している限りなんでも作れるらしく、頑張ったら有名な白い城とかも作れるのかもしれない。

魔法の練習をしながらしばらく進んでいると、ウィンが体に力を入れる。

「ウィン？」

「気を付けろ。すぐ近くで大規模な戦闘が行われている」

ウィンの言葉に、クロノさんとリオンさんは警戒し、ヴァイスは毛づくろいをしていた。

クロノさんが前方の気配を確認したのか、急に走り出し、リオンさんもそれに続く。そして走りながらわたしに向かって叫んだ。

「すまないがここまでで結構だ！　あとでまた詳しいことを話すが、今はしばし待っていてくれ！」

「またあとで！」

それだけ言うと、クロノさんとリオンさんはあっという間に見えなくなってしまった。目にも留まらぬ速さとはこのことだろうか。

「どうしたんだろう……」

「おそらく、ケンリスの街で戦いが起きているのだろう。そろそろ着くと言っていたしな。どうする？」

「危なくない？」

「俺がいる。その街よりも、背中のお前達の方が安全だ」

「それなら見に行こう。危なくなったらすぐに逃げようね？」

「分かった」

わたしがそう言うと、ウィンは頷いてクロノさん達を追いかけていく。

それからすぐに、森に囲われた街道から、開けた場所に出た。

街道が続く先には、高さ四、五メートルはある壁に囲われた街らしきものがあって、その手前には多くの魔物がいた。

前に戦っていたジャイアントオーガより小さい感じの奴や、紫色をしたスライム、緑色の体をした狼など、その種類も数も多い。

そして、そいつらはクロノさん達や他の冒険者と戦いながらも、街の城壁へと向かっていた。

「あれ……城壁が壊れてない？」

そう、わたしから見える範囲、十メートルほどの規模で城壁が粉々に壊れていたのだ。

あんな立派な城壁が壊れるなんて……どうしたらいいのかと考えていると、ウィンがぼそりと言う。

「あれは……何かあるな」

「ウィン？」

「いや、なんでもない。それよりも加勢するか？」

「危なくない？　魔法だけでもいいかな？」

「ああ……というか必要なさそうだな。見てみろ」

ウィンに言われた方向を見ると、クロノさんとリオンさんが獅子奮迅《ししふんじん》の働きをしていた。

街の城壁の前で戦っていた人達も、彼らの戦いぶりを見て声をあげる。

「クロノとリオンが帰ってきてくれたぞ！　これで勝てる！　みんな！　力を見せてやれ！」

「おう！　あの二人がいれば決して負けない！　こっちも気張るぞ！」

そんな彼らは、それぞれが数人のグループに分かれて戦っていた。

あれはよくあるパーティというやつだろうか。彼らはそれぞれで連携《れんけい》して動いていて、手伝いに入ったらむしろ邪魔になりそうなくらいだった。

だから手は出さない。

「ウィン、もしも誰かがピンチになったら助けてあげて」

「心得た」

しかし、クロノさんとリオンさんが参戦したあとは、特に問題もなく敵は討伐されていった。

「ふぅ……これで終わりかな」

クロノさんが最後の敵を切り倒したのを見て、わたし達は彼に近付く。

そしてすぐに、多くの冒険者達が彼らの元に集まってきた。

「クロノ！　来てくれて助かった！　でもお前達なら来てくれると思っていたよ！」

「あなた方のお陰で街に魔物が入り込むのを防げました。本当に助かった」

「よくやってくれた。この後は城壁の修理だから、そっちも手伝ってくれ」

最後の人は鬼だろうか。

「おいおい。そんないっぺんに言わないでくれ。おれ達だって死にかけていたところをようやく帰ってこれたところなんだぞ」

クロノさんがそう言うと、安心した表情で見ていた人達の表情が驚きに変わる。

「そんな……お前達が死にかけるって……何があったんだ？」

「目的の魔物は討伐できたんだが、その帰り道にジャイアントオーガに遭《あ》ってな……。その時に少し手助けをしてくれたのが彼らなんだ」

今の『少し』というのは、わたし達に注目が集まりすぎないように気を遣ってくれたのだろう。

クロノさん達だけでなく、多くの人達がわたし達を見る。

「……」

「なぜ隠れる」

そっと身を伏せて隠れたのを、ウィンに指摘されてしまった。

「だって……恥ずかしいっていうか……なんていうか……」

「まぁいい。これからどうなるか……あ奴次第といったところか？」

「どういうこと？」

「あ奴らが俺をどう説明するかによって、当然俺達の扱いは変わるだろう。聖獣だとバレれば騒ぎになるし、それを避《さ》けるには普通の従魔だと説明するしかない。人の街のことは俺には分からないから、どちらがいいかはあ奴らに決めてもらうのがいいだろう」

「でもいいの？　聖獣であることに誇りを持っているんじゃ……」

「サクヤが健やかに育つためであれば些細《ささい》なことだ。それにサクヤ、そんなことを気にするくらいなら、ヴァイスを構ってやるといい。朝からずっと、サクヤが魔法を使うのを見ているだけで、暇そうにしていたぞ」

「え？」

わたしがヴァイスの方に目を向けると、じっとわたしの方を見ていた。

「ごめんね、ヴァイス」

わたしはそう言ってヴァイスを思い切り撫でまわす。

ヴァイスは嬉しそうにゴロゴロとのどを鳴らす。その姿は普通の猫のようだ。

そんなことをしていると、クロノさんが困ったようにこちらに寄ってくる。

「なぁ、サクヤ。その……ウィン様のことは……なんと紹介《しょうかい》したらいい？」

彼らも聖獣として紹介するべきかどうか迷っているということだろう。

わたしとしてもどうしたらいいのかよく分からない。けれど、ここまできたのだから街には入ってみたい。

であれば、こういう時はどうするのか。

「クロノさんはどう紹介するのがいいと思いますか？」

そう、丸投げである。

クロノさんは申し訳なさそうに話す。

「ウィン様やヴァイス様の正体は隠すのがいいと思う」

「やっぱり……話題になります？」

「話題どころか祭りになって、今日という日がこの街の祝日になるだろう」

「では隠した方がいいですね……」

話題どころではなかった。

ウィンの言った通り、聖獣とはすごい存在であるらしい。

ヴァイスとか、ほぼ猫みたいな存在だと思うけど……。

「ただ、ウィン様にはそれを受け入れていただかなくてはならないので……」

「あ、大丈夫らしいです」

「本当か⁉　それはよかった……。じゃあ、彼らに紹介したら街を案内するから」

「はい。よろしくお願いします。あ、ただ、ウィン達のことはなんと言えばいいでしょうか？」

「そこは知らない……といえばいいと思う。サクヤがしっかりと話せることは知っているが、気付いたら従魔になっていた……と」

「それで……街の人達は受け入れてくれるんですか？」

よく分からないけど、従魔だから受け入れてくれっていうのは……大丈夫なんだろうか。

「そこはおれ達がサクヤ達の身分を保証《ほしょう》することにするから問題ない。これでも、Aランク冒険者としてそこそこ名は通っているんだぞ」

「分かりました。ではよろしくお願いします」

「ああ。それに、この街はファリラス王国でも、従魔の受け入れに一番寛容《かんよう》な土地なんだ」

「なるほど、というか、ここがファリラス王国なんですね」

「ファリラスの名は知っているのか？」

「え……いやーただ繰り返しただけなんで。気にしないでください」

鑑定で国の名前を知っていたからついそう言ってしまう。

やばい、バレるところだった。

でもクロノさんは気にしていないようだ。助かった。

わたし達の話が終わって、クロノさんがその場にいた人達に簡単にわたしを紹介してくれて、これでやっと街に入れることになった。

しかし安心したところで、さらに問題が起きた。

「どういうことだ！　もう一度言ってみろ！」

冒険者の一人が、兵士らしき人の胸倉を掴んで叫んだのだ。

「だ、だから、領主様は城壁の修理ができない！　お前達でなんとかしろとのお達しだ！」

中々不穏《ふおん》な話が聞こえてきた。

そんな兵士の言葉に、クロノさんが切れた。

「ふざけるな！　ここの領主は何を考えている！　このままでは街に魔物が入り込むぞ！」

「そ、そんなことは下町のお前達でなんとかしろとのお達しだと言っただろう！」

「では代わりに土属性の魔法使いか、それができなければ城壁の予備を持ってこい！」

「そ、その準備もお前達でやれとのお達しだ！」

「は……？」

「つ、伝えることはしたぞ！　ギルドマスターにも必ず伝えておけよ！」

そう言って、兵士は逃げるように去っていった。

兵士が去ると、今まで固まっていた人達の怒りが爆発した。

「ふざけるな、あの豚野郎！　何があとは勝手にやれだ！　領主の仕事だろうが！」

「いつもいつも無理難題をこっちに押し付けやがって！　今度こそ許さねーぞ！」

口々に怒号が飛び交っていて怖い。

そんな中、リオンさんが彼らを鎮《しず》めてくれた。

「みんな！　ここは冷静になってほしい！」

「リオンさん……」

「みんなの気持ちは分かる。ここの領主に責任を問いたいところだ。だが、それは今ではない。今はなんとかしてこの城壁を直し、街を守ることが先決だ」

「リオンさんがそう言うなら……」

おお、流石王族。あれだけ怒っていたみんながあっという間に静かになったよ。

なんで冒険者をやっているのか分からないけれど、冒険者達はクロノさんとリオンさんを尊敬しているのが分かった。

冒険者の人達は休憩に向かったり、周囲の警戒に向かったりしているようだ。

「ウィン。わたし達もとりあえず中に行こう」

『分かった』

その返事は念話でのものだった。

『あれ？　喋らないの？』

『普通の獣は喋らない。こうやっておいた方が問題もないだろう』

『そっか、ありがとう』

わたしのことを考えてそうしてくれるのは、素直に嬉しい。

ウィンに乗って進むわたし達は、周囲にいた冒険者達の視線を集める。

ほとんどがウィンに対してだけれど、時折わたしにも向かっていることが分かった。

「なんであんな狼がここに……ホワイトウルフか？」

「上に乗ってるかわいい子はどこの子？　あんなかわいい子がいたらもっと有名になってると思うけど」

「見たことないね。どこの子だろう？　クロノ達の隠し子かな」

「いや、違う。彼女はサクヤ。さっき話しただろう？　おれ達がピンチだった時に助けてくれた人達だって」

クロノさんが慌ててわたしの方に寄ってきて、そうやって周囲の人達に説明してくれる。

「その狼は……」

「ああ、この狼はサクヤの従魔らしい。だから手出しは無用で頼むぞ」

周囲の人達の視線がリオンさんに向く。

「本当です。彼らは味方ですので、受け入れるようにお願いします」

「リオンまで言うのであれば……分かった。ギルドにも伝えておこう」

「はい」

一人がそう言って走っていく。

わたしはクロノさんとリオンさんに、最後のあいさつだけしようと決めた。

「あの、クロノさん。リオンさん。それではわたし達はこれで失礼します」

「え？　ちょっと待て、どこに行く気だ？」

「せっかくなので街を回ってみようかと。クロノさん達がわたし達のことを話してくださったみたいですし、見て回ってもいいかな……と」

「その案内もおれ達がしよう」

「でも、今はとっても忙しいんじゃないですか？」

さっきすごく揉《も》めていたけれど、クロノさん達のお陰でなんとかおさまっている。

でも彼らがここを離れるとどうなるか分からないし、わたしは一人で街に入った方がいいように思う。

従魔も受け入れているという話だったし、彼らに迷惑はかけられないから。

しかし、クロノさん達は慌ててそれを止める。

「待ってくれ。少し……一日時間をくれ。そしたら明日おれ達が案内するから」

「そんな、悪いですよ」

「そんなことない。むしろサクヤは命の恩人だ。それくらいさせてくれ」

「でも……」

「それに、金は持っているのか？」

「う……」

また忘れていた……。

そうじゃん、人間社会なら普通はお金が必要だよね。

ここまで他の人達と会ってなかったから完璧に忘れていた。

「じゃあ森に戻ります」

お金を借りるのは怖いから、自分で用意したい。

適当にスライムでも狩って戻ってきて、どこかで売ればいいんじゃないかな。そうやってお金を作るのは異世界モノの定番だったし。

しかしそんなわたし達を、クロノさんとリオンさんが止める。

「待ってくれ！　おれ達が君を追い返したなんてことになったら、信用を失ってしまう！　だから、おれ達のために一緒に来てくれないか？」

「そうですよ。僕達にはサクヤちゃん、君が必要なんです」

「そう……でしょうか……」

彼らの顔はとても真剣で、嘘を言っているようには感じない。

なら……お世話になってみよう。

「では、よろしくお願いします」

「ああ、こっちの仕事が終わるまで、近くで待っていてくれ。宿を探しに行けるくらいの時間までには終わらせるから」

「野宿でも大丈夫ですよ」

「でもそれは……」

「わたしはウィンとヴァイスが一緒にいれば、それでいいんです」

これはわりと本当の気持ちだ。

ウィンとヴァイスの温かい体温に包まれながら眠るのが、とても心地よいのだ。そして、ウィンとヴァイスも同じように感じてくれているという確信があった。

「そうか……。では少し待っていてほしい」

「はい。あ、ちょっとこの近辺を動いたりしてもいいですか？」

「もちろんだが……崩れかけている城壁には近付かないでくれよ。心配になるからな」

「はい」

『俺がいるから何も心配はないがな』

ウィンがそう言って、わたしは周囲の探索をすることにした。

でも、実はわたしの一番の目的は城壁を触ることだ。

「ウィン。城壁に近付いて」

『分かった』

わたしは城壁に触り、感触を確かめる。

そして、ちょっと持ち上げてみて、感覚を掴む。

「なるほど、こういうものなのね……」

そして、城壁の高いところもしっかりと見て、どれくらいの数が必要なのかを確認する。

「ちょっと多めに作ってもいいよね……よし。大体分かった。ウィン、戻って」

わたし達は先ほどの場所に戻り、クロノさん達が城壁の残骸や魔物の死骸を片づけているのを眺《なが》めていた。

そして少し暇になった時を見計らって、クロノさんに声をかける。

「クロノさん」

「どうしたんだ？　もう見終わったのか？」

「はい。これからわたし、寝ようかと」

「寝る？　こんな時間にか？」

日は傾き始めているとはいえ、まだ十分に明るい。

でも、今はこの方がいいのだ。

「はい。ちょっと疲れてしまったので」

「そうか……気付いてやれずにすまなかった。移動する時になったら起こしてもいいか？」

「宿の案内だけウィンにお願いします」

「分かった」

移動はウィンに任せて、わたしはウィンの上で眠ることにする。

『本当にいいのか？』

『うん。後で色々とやるから』

念話で尋《たず》ねてくるウィンに、こちらも念話で答える。

彼らは今困っている。

そして、もしわたしが起きた時に、何も解決していなかったら、力になってもいいのではないかと思っている。

わたしは、そっと眠りにつく。この後の目的に備えて。

わたしが目を覚ました時、そこは知らない部屋の中だった。

お願いした通り宿に案内してもらったらしく、床の上にウィンが丸まり、その上にわたしとヴァイスが寝るといういつもの体勢だった。

窓の外を見れば、夜はとっぷりと更けている。

「ウィン、おはよう」

「おはよう……という時間でもないがな」

「ふふ、そうだね。それで、城壁の方は何か進展があった？」

「いや、ギルドマスターという男が領主の館に乗り込んだらしいが、答えは一緒だったそうだ。色々と交渉をしようとしたが、何も変わらなかったらしい。それで今は交代で見張りを立てている」

そっか、見張りがいないと夜中に魔物が入り込んできちゃうよね。

「結構厳重？」

「外から入ってこようとすればかなり厳しいだろうな」

「じゃあ……中は？」

「俺に任せておけ」

わたしが何をするつもりなのか、ウィンは分かっているようだった。

わたし達は宿から静かに出て、城壁を目指す。

ウィンのお陰であっという間に辿《たど》り着き、城壁の内側にそっと立つ。

「ふぅ、誰にも見つからなかったね」

『魔法を使っているからな。大抵の者には見つからんさ』

『なんで念話？』

『その方が見つかる危険性が低い』

『なるほど』

『さあ、やりたいことをやるといい。俺は周囲を警戒しておく』

『ありがとう。ウィン』

ウィンは返事をするようにわたしを鼻でツンとつつき、ちょっとだけ離れた位置に座り込んだ。

その背ではヴァイスが気持ちよさそうに寝ている。ヴァイスはわたしが起きてもずっと眠ったままだった。

思わず手が伸びて撫でたくなるけど、わたしはわたしでやることがあるんだった。

昼間に触った城壁の石を思い出す。

この城壁が壊れていて、領主が修繕《しゅうぜん》を拒んでいるなら……わたしが作ればいい。

本来なら、ちゃんとこの街の人達の手で直すべきだということは分かっている。そのほうが経済もちゃんと回るしね。

だけど、崩れた城壁を放置していたら街に魔物が入るし、外で防衛を続けている冒険者達も疲労してしまうだろう。

そんなことを放置するのはよくないと思う。

『よし……集中して……作っていこう』

わたしは集中し、さっきイメージした城壁を作ることにした。

少し大きめなレンガのような感じで、城壁に使われていたのと同じ形の石を作っていく。

一つ一つは大きくないが、崩れている部分は横幅十メートル、高さ四、五メートルにわたっているから、生み出す石は大量だ。そのため、流石に時間が結構かかってしまった。

時々ウィンが魔法で隠してくれつつ、なんとか一時間で作りきることができた。

作り上げた石は、城壁の前に積んでおく。

『ふぅ……これでいいんじゃないのかな。耐久性も元のやつと同じくらいあればいいんだけど……』

『安心するといい。元々の城壁よりも倍は硬いぞ』

『え？　そこまで硬くなっちゃったの？』

『ああ、サクヤが真剣にやったからな。本職の人間よりも素晴らしい物を作れたのだろう。誇ってもいいぞ』

『ふふ、ありがとう』

いつも嬉しいことを言ってくれるウィンにお礼を言って背中に乗る。

だけど、その瞬間、忘れていた存在がいた。

「ウギャゥ!?」

「あ、ごめん！」

ウィンの毛の中にヴァイスが隠れていたのだ。背で寝ていることは知っていたけれど、まさか最初の位置から動いているとは。

「誰だ⁉」

そして、その声はしっかりと外の冒険者に聞こえていたらしい。

「急いで逃げなきゃ！」

バレたら土魔法が使えるってことで領主の館に連れて行かれるかもしれない。

そうはなりたくないので、ウィンを急《せ》かす。

「ウィン」

『ああ、行くぞ』

「ふぐ！」

ウィンは今まで速度を手加減していましたと言わんばかりの速度で、宿に向かって走っていく。

掴まっているだけで精一杯だったけれど、かなり早かったから、誰にも見られていないと思う。

多分だけど……。


宿に戻ったわたしは寝ようとした……んだけど、これまでずっと寝ていたので、目がさえてしまっていた。

「ウィン……何か話そう」

「いいぞ。食べたいものの話とかどうだ？」

「もう……一番最初に出てくるのが食べ物の話なの？」

「ああ、人間の街に来たら食べたかったものがいっぱいあるんだ。昔は色々と食べたからな。一緒に食べよう」

「うん。もちろん、ヴァイスも一緒だよ」

「ウギャゥ」

それからわたしはウィンとのんびりと話し続けた。

ただ、さっき魔力を使ったからか、あるいは単に年齢のせいか、流石に眠たくなってきた。

「ウィン……わたし……もう一回寝てもいい……？」

「ああ、いいぞ」

「ありがとう……」

「お疲れ様。どこの誰とも知らない街の者達のために城壁を秘密裏《ひみつり》に作るなんて……本当に優しいのだな。お前は……」

「……」

「俺は人に請《こ》われたことしかしなかったが……お前は、困っている人を見過ごせない者なのだ。そんな美しい心の持ち主であるサクヤの従魔になれたこと。心から神に感謝する」

「うん……わたしも……ウィン……大好き……」

「ああ……俺もだよ。サクヤ。おやすみ」

「おや……すみ……」

わたしはモソモソと喋りながら、眠りに落ちた。

◇◆◇◆◇

僕はリオン・ル・ファリラス。

本来はこの国の第三王子だが、冒険者として、ケンリスの街にとある目的で滞在している。

そして今は、城壁近くに宿を取り、休息をとっていた。

いつもなら宿に戻ったらすぐに寝たいのだが、今日はその前に兄さんと話さなければいけないことがあった。

兄さんは僕達しかいない部屋で防音の魔道具を起動させ、早速切り出してきた。

「昨日サクヤと会ったのも驚いたが、今日は本当に驚くことだらけだったな。リオン、サクヤの魔力は……やはり桁違いなのか？」

あれほどまでにすごい魔法を使うところを見たのだから、兄さんの反応も当然と言えば当然か。

「桁違い……って言葉では足りないと思うかな。太陽とスライムを比べるようなものだよ」

「そこまでか」

「でもちょっとおかしいなって思う部分もあるんだよね」

僕のその言葉に、兄さんは首を傾げる。

「おかしい？」

「うん。あの時上空にありえないくらい大きな水ができたでしょう？」

「できたな」

「でも、本来だったらサクヤちゃんの腕から打ち上がるはずなんだ。でも、あの水の塊はいきなり上空にできたように感じた」

「ということは？」

「詳しいことは分からない。でも、その前もサクヤちゃんはもぞもぞしていたし……何か言えないことがあるのかもしれない」

僕はあくまで冷静に、でも、そんな彼女に正直に話してもらえない——人には言えない事情があるのだろうが——悔しさも抱きつつ話す。

兄さんは眉根を寄せて聞いてくる。

「言えないこと？」

「僕達にはっきりとした魔力の量を見せたくないか、彼女自身がとても貴重な魔法属性を持っているか……のどっちか」

「貴重な属性か。お前もそうだろう？」

僕は兄さんの言葉に頷く。

「うん。でも、それ以上のものを持っているのかもしれない」

「それ以上って……そんなもの、数えるほどしか存在しないんじゃないか？」

「だね。でも、そうでもないなら隠さないんじゃないのかな。悔しいよ。もっと……僕達も彼女に打ち明けていれば、彼女からの信頼を得られたのかな。あんな小さなかわいい子に……警戒させてしまっている」

「それは……しょうがない。おれ達だって、彼女に話せていないことはあるだろう。それを話せば、彼女にまで魔の手が伸びるかもしれない。彼女を巻き込まずに解決できるのであれば、そうしたいんだがな」

兄さんはそう言って茶を飲む。

「そう……だよね」

「だが、サクヤは……戦いに連れていくべきではない。それは分かっているのだろう？」

「うん。分かってる。彼女は五歳の幼子だ。聖獣を連れているし、魔力はすごくある……ということは間違いない。でも、だからこそ……彼女が大きくなるまで、僕達が見守っていてあげないといけないんだよね」

「そうだ。彼女には幸せになってほしい。おれ達の本来の目的は、国民が幸せに暮らせるようにすることなんだからな」

兄さんはそう言って笑う。

彼はこうやって人のために動ける素晴らしい人だ。

だから、身分を隠しているにもかかわらず、この街の冒険者に好かれているし、何かあった時はギルドマスターの代わりに旗頭《はたがしら》にもなる。

僕はそんな兄さんを支えていきたいと願っていた。

「うん。でもよかったね。とりあえずサクヤちゃんがこの街に来てくれて」

「だな。他にも街はあるし、ウィン様がいれば問題はないんだろうが、それでもあんな小さな子にそうそう遠くへ旅立たせるものではないし、やはり街にいた方がいいはずだ」

「サクヤちゃんのこと、そこまで考えていたんだね」

「当然だろう。おれ達が守らないで誰が守ってやるのだ」

兄さんはそう言って誤魔化すように鼻をかく。

「それで、これからどうしようか。領主があんなふざけたことを言ってくるとは思わなかったし……ギルドマスターが交渉しに行っても無理だったんでしょ」

僕がそう言うと、兄さんの機嫌はたちまち悪くなった。

「信じられん。今すぐには無理だがいずれ責任は取らせる。でもそれよりサクヤの方が先だ。あの領主は長年のさばってきたのだ。いまさら簡単に尻尾《しっぽ》は出さないだろう」

「だとしたら、明日にでも先生かプロフェッサーの所に連れていくべきかな？」

「そうしたいところだがな……。おれ達も城壁の近くからはあまり離れない方がいいだろう」

「そうだよね……」

本当はサクヤちゃんのために、今すぐにでももっと安全な場所へ連れていってあげたい。

でも、それはできない事情があった。

このケンリスの街はとても防御が堅く、魔物は簡単には侵入することはできない。

でも、今の壊れた城壁では簡単に入ってこられてしまう。

そんな状態で僕達が抜けたら、いくら他の冒険者がいるとはいえ、城壁の守りを突破されてもおかしくはなかった。

かといって、サクヤちゃんを一人にすることはできない。

城壁が壊されている以上、街中に魔物が侵入している可能性もあるからだ。ウィン様がいるとはいえ、不安が大きすぎる。

兄さんは溜息《ためいき》をつく。

「城壁の石材だけでも用意できればよかったのだがな」

「そうだね……領主は何を考えているんだろう？　土属性の魔法使いをそんなに集めてどうする気なんだか」

「分からん。だが、この街にはアレがある。それに関する何か……かもしれぬ」

「転移陣だっけ？　一月に一度、王都との行き交いができるんだよね。僕達はここに来る時も使えなかったけど……本当に便利な代物だよ」

このケンリスの街は、僕達がいる国の端の端に位置している。

ここから王都までは馬車で三か月はかかる、とても遠い道のりだ。

でも、数百年前にここの領主が転移陣を開発し、王都とケンリスの街を一瞬で行き来できるようにしたのだ。そのお陰でこの街が発展したとされる。

その功績が莫大《ばくだい》かつ、転移陣を使えるのはこの領主の一族しかいないということで、何か問題があった際の国からの追及も、かなり甘くなっていた。

そのため、問題が起きていないか、何か怪しいことがないかを調べるために、僕と兄さんは身分を隠してこの街に冒険者として潜入《せんにゅう》している。これこそが、僕達の仕事だった。

そんなことを話していると、外からヴァイス様の鳴き声が聞こえた気がした。

「っ！　行くぞリオン！」

「分かった！」

ヴァイス様の声が聞こえたということは、サクヤちゃんがそこにいるかもしれない。

早くに寝たのは、やっぱりこの街から出ていくつもりだったからだろうかと不安になる。

でも、それは勘違いだった。

僕達は見つからないように隠れながら、視線を城壁の近くに送る。

「あれは……」

「静かに」

それを見て思わず開いた僕の口は、兄さんに封じられる。

ちょっと苦しいけど、でも、今の僕にはそんなことはどうでもよかった。

城壁用らしき石材が、城壁の前に大量に積んであったのだ。

そして、サクヤちゃんが慌ててウィン様と一緒に逃げているのが見えた。

おそらく、彼女があの大量の石材を作ったのだろう。

そんな時、ウィン様と目が合ったが、僕達の方を見て、言うなよと視線を送ってきた。

彼らはそのまま、宿がある方向へと向かっていった。

僕達も少し経ってから、部屋に戻る。

「……サクヤはおれ達が考えていた以上に、優しい存在だったのかもしれないな」

「兄さん……どういうこと？」

僕はぼんやりとしたまま兄さんに聞くと、兄さんは少し悩むように答える。

「サクヤはおれ達のことを気遣ってくれたということだ」

「気遣ってくれた？」

「ああ。水のことといい、石材のことといい、サクヤの力がとんでもなく珍しいものであることは間違いない。だがサクヤは、おれ達に本当の力を隠して、こっそりとおれ達のために動いてくれている」

「そんな……言ってくれればいいのに。僕達が言いふらすような人間じゃないって、信じてもらえてないのかな」

「そう単純な話ではない」

兄さんが強く言うので、僕は思わず驚いてしまう。

兄さんはさらに続ける。

「サクヤは聡《さと》い子だ。自分がどれだけ特別であるのか、うすうす気付いているのだろう」

「それは……」

確かにもし普通の子だったら、属性を判別する時にコソコソしたり、今も夜中にこっそり動かずに、昼のうちに石材を魔法で出したりしていただろう。

「それに、自分の力を分かっているから、おれ達に迷惑がかからないようにしているのかもしれない」

「どういうこと？」

「彼女は……優しい子だ。この街で困ったことがあった時に、彼女は助けずにはいられないだろう。そしてその時、ウィン様達の正体がバレてしまうかもしれない」

「それは……」

ない……とは言えない。

「でも、それが僕達の迷惑とどう関係するの？」

「ウィン様達だけであれば、領主は手出ししないかもしれない。だが、もしも彼女がおれ達に全て打ち明けて、今以上に親しくなっていたら？　領主はおれ達に目をつけて、情報を引き出そうとするだろう。金をちらつかせたりしてな」

「僕達が彼女を売るなんてことなんてありえないよ！」

兄さんの懸念《けねん》は分かるけど、僕は命に代えても彼女を売るつもりはない。

でも兄さんはいたって冷静で、落ち着くように言ってくる。

「まぁ落ち着け、リオン。それはもちろん分かっているし、おれだって情報を喋るつもりはない。でもな。魔法で記憶を覗かれる可能性はあるだろう？」

「闇魔法の……？　でもあれを王子である僕達に使う奴なんてこの国に……あ」

「そう。おれ達は誰に対しても立場を明かしていない」

つまり、領主が僕達が王子だとは思わず、無理やり情報を引き出そうとする可能性が高いということだ。

そして、もしそんなことになれば、僕達の正体と目的がバレてしまう。

「もちろん、サクヤもおれ達の正体は知らないはずだから、そこまでのことを心配しているとは限らない。ただ単に、情報がおれ達から漏れないようにしているだけかもしれない。ただいずれにしても、彼女が必要以上におれ達に情報を伝えないことで、おれ達も助かっている部分があるのは間違いないんだ」

「そんな……」

サクヤちゃんを助けてあげたいのに、僕達が助けられているのか。

「でもな、リオン」

「兄さん……」

「おれ達にも、できることはある」

「できること？」

「ああ、おれ達が、彼女に頼られるくらいまで力を示せばいいんだ」

「でも……ウィン様を連れている彼女にしてみたら、わざわざ僕達を頼る必要なんてないんじゃ……」

「ある」

兄さんは力強く言い切った。

「それは……？」

「おれ達が人間の社会で生きていて、サクヤもそこで生きていくつもりが少なからずあるということだ。そして、ただ生きる方法を教える以上のことを、おれ達ならできる」

「僕達のことを……話すっていうこと？」

「今すぐにではない。だが、おれ達がこの街で頼ってもいい存在であると理解してもらえれば、きっと彼女は頼ってくれるだろう。だから、おれ達が全力で彼女をサポートしてやるんだ」

なるほど、兄さんの言っていることは一理ある。

「分かったよ兄さん。流石だね」

「なに、あれだけかわいい子なのだ。おれ達が何かせずとも、街の者達から好かれると思うがな」

「そうかもね」

それから少しすると、ドタドタと誰かが宿の中に入ってくる音が聞こえた。

深夜にこんな足音を立てるのは、緊急事態ということだろう。

「城壁の石材に気付いたかな」

「おそらく。これから徹夜《てつや》で修理になるだろうな……終わったら明日はサクヤに街を案内するぞ！」

「もう……ま、僕も頑張りますかね」

そうして、緊急ということで起こされた人達も手伝って、城壁の修理は、夜が明ける前に終わったのだった。

第4話

翌日。

わたしはいつものように、ウィンの背中の上で目を覚ました。

「おはようウィン……ヴァイス……」

『おはよう。サクヤ』

わたしはきょろきょろと周囲を見て、ここが宿であることを思い出す。

『ああ、そっか、ここは森じゃないんだよね』

『別にサクヤは普通に喋ってもいいのだぞ？』

いやいや、それじゃあわたし、ずっと狼に話しかけて会話が成立すると思っているやばい人になるんじゃ……。

まあ、部屋の中なら別にいいけど、外でうっかり出てしまうのは避けたい。

念話で会話するのに慣れておかないとね。

『これでいいの』

『サクヤがいいならいいが』

わたしが静かなヴァイスを見ると、彼は小さな前脚で目を覆《おお》うようにして未だに寝ていた。

『ウィン、ヴァイスはこのままでいいかな』

『構わん』

それから、朝食を部屋に持ってきて軽くすませたところで、クロノさんとリオンさんがやってきた。

今日はこの後、一緒に街を巡ることになっているのだ。

という訳で、準備らしい準備もする必要はないので、早速宿を出る。

わたしはこの世界で初めての街に、とても気持ちが高ぶっていた。

異世界だし、きっと色んな人種がいるに違いない。

エルフにドワーフ、獣人《じゅうじん》とかもいるだろうか。

昨日の冒険者の人達の中にはいなかったと思うけど、今日は普通に街中を歩くのだ。

きっと見かける機会があるかもしれない。

会えるのかな。とっても楽しみだな。

と、思ったところで、大事なことはそこではないと思い直す。

わたし達がこの街にいてもいいのか、判断しないといけないのだ。

一応、クロノさんは従魔に関してもっとも寛容な街……と言っていたけれど、本当にそうなのか確認しなければならない。

ウィンとヴァイスが受け入れられない街なら、わたしはいたくない。

なんて考えていると、クロノさんが思い出したように聞いてくる。

「あ、サクヤ。先に冒険者ギルドに報告だけしに行ってもいいか？　すぐに終わるから」

「もちろんです！　案内してもらうのですから、それくらいは大丈夫です！」

冒険者ギルドか。やっぱりそういう組織はあるんだな。

そうだ、せっかくなら冒険者になってもいいかもしれない。

ウィンの実力はかなり高いし、ウィンと一緒なら安全に依頼をこなせるはずだ。

あ、でもその前に冒険者になるといえばアレがあるかな？

魔力測定とかあって、それで測定器をぶっ壊すくらいまでやってしまって、ギルド始まって以来のことだなんて……異世界モノでよく見たやつだ。

少しわくわくしながら、到着した冒険者ギルドに入ったわたしは、受付のお姉さんの所に行く。

冒険者になる方法を聞くためだ。

「あの、ちょっといいですか」

「あら、かわいらしい子ね。なんのご用かしら？」

「冒険者になるには、どんなことをしないといけないんですか」

こういうのは、勘違いが生まれないように最初にしっかり聞くべきだ。

だからまずは話を、と思っていたのだけれど……。

「その年で冒険者を目指そうなんて、将来のことを考えてて立派ね。でも、冒険者には十二歳以上しかなれないの。ごめんなさいね」

「……はい。ありがとうございました」

わたしはそう言って、すごすごとすみっこに行って、ウィンの毛に潜《もぐ》った。

「普通に考えたらそうだよね……戦闘とかするんだもん。五歳のわたしがなれる訳ないよね……」

『サクヤが望めばなれるのではないのか？』

わたしが諦《あきら》めていると、ウィンがそんなことを言ってくる。

『どういうこと？』

『ギルドで戦闘して、その実力を示せばいい』

『ダメ……流石にそれはできないよ……』

そんなことしたら、戦う依頼ばっかりになってしまうではないか。

どうせなら、もっと安全で危険性の低い、それでいて人の役に立てる仕事をしたい。

のんびりと冒険者の人達を見ていると、目が合った人は優しく笑いかけてくれた。

冒険者は荒くれ者が多いって思っていた……っていうか、異世界モノだとそういうのが多かったけど、実際は違うのかもしれない。

なんて思っていると、わたしとは別のカウンターに行っていたクロノさんとリオンさんがやってきた。

「よし、サクヤ、こっちは終わった。街を案内しよう」

「あ、クロノさん。もう大丈夫なんですか？」

「ああ、ウィン様とヴァイス様がサクヤの従魔だという話は通してきた。ただ、これをウィン様とヴァイス様に着けておいてもらえるか？」

「これは……？」

「従魔証だ。それを従魔に着けていれば、街で罪に問われることはない」

クロノさんが差し出してくれたものは、犬のマークが描かれた首輪のような、腕輪のようなものだった。

「ありがとうございます！　これはどこに着ければいいんでしょうか？」

「どこでもいい。首でもいいし、手足でもいい」

「ウィンはどこがいい？」

『前足』

ウィンはそう言って左の前足を出してきた。

ヴァイスもウィンの真似をしているので、一緒でいいだろう。

わたしは二人に従魔証を着けて、クロノさん達と一緒にギルドを出た。

街を案内されている途中、クロノさんが城壁の話をする。

「どうやら夜中のうちに、どこかの誰かが石材を用意してくれたらしくてな。お陰で城壁の修理がもう終わったんだ。それで、城壁の石材を調べた結果、前の物より質がいいことも分かってな。それを使って修理したから問題ない。どこの誰か分からないが感謝したいところだな」

「……そうなんですね」

その人を褒めるのは、自分を褒めるようで中々できない。

でも、クロノさんはまだ話したいようだった。

「もしその人を見つけたら伝えておいてくれるか？　勲章《くんしょう》をやってもいいとおれは思うぞ。貴族にしてもいいかもな」

「そんなことはないと思いますけどね」

王族が言う勲章に貴族って……わたしは考えないことにした。

気を取り直すように、きょろきょろと道を見る。

早くエルフとかドワーフとかを見てみたいんだよね。

でもさっきから、街中を歩いている人は基本的に人間か獣人だった。

獣人は獣人で気になるけれど、実際に見たら、ヴァイスとかウィンの方がモフモフで気持ちよさそうで興味がなくなった。

そんな風にきょろきょろしているわたしに、クロノさんが首を傾げる。

「どこか見たい場所はあるのか？」

「正直何も分からないので案内してほしいです」

「分かった。ではまずは街全体の説明からしようか。リオン」

「はい」

街の説明はリオンさんがしてくれるらしい。

リオンさんの話によると、話を聞くと、わたし達がいる東西南を束ねた下町エリアと、北部に位置する城下町は別の街……と思っていいらしい。

実は、下町と城下町の間にも壁が作られているらしく、下町がどうなろうが領主は気にしない……ということらしかった。

ずいぶんと自分勝手そうな領主だし、そんな街にあんまりいたくないなーとは思ったけれど、クロノさんとリオンさんの、下町はいい所アピールがすごかった。

「サクヤ、あの店はこの辺りでとれる食材をふんだんに使った店でな？　王都の半分以下の値段で食えて量も多い。店主も優しいし完璧な店なんだ」

「それにね、サクヤちゃん。こっちの下町はとっても優しい人が多いんだ。サイフとか落としても返ってくることがあるんだよ？」

日本にいた自分としては、それは結構普通なのではと思ってしまった。でも他の国ではほぼ返ってこないらしいから、やっぱり治安がいいと思っていいんだろうか。

「サクヤ、工房エリアの質もよくてな？　王都に次いでたくさんの武器や装飾品があるんだ」

「サクヤちゃん、工房だけじゃなくて、魔物から作った服とかも、効果がすごいしデザインも色々あって楽しいんだよ」

……みたいな感じで、アピールをすごくされて、結構楽しかった。

でも速足気味だったので、もうちょっとゆっくりと見て回ってもいいかもしれない。

そして、どうやらこの街は海にも面しているらしく、港へと向かうことになった。

「見てみろ、サクヤ。このケンリスの東側は海に面していてな。そこで獲《と》れる真珠《しんじゅ》などはとても質がいいんだ。一ついるか？」

そう言って、出店を指差すクロノさん。

値段は分からないけど、真珠って高価なものじゃないのかな。

ああ、でもここは違うとかあるのだろうか。

出店で売っているものだし……まぁケースには入れられているけど。

「それは五万ゴルドしますよ、兄さん」

「五万ゴルドか……五万ゴルド⁉」

驚くクロノさん。というか値段を知らずに言ったのだろうか。

「そ、そんなに高いんですか？」

わたしが聞くと、リオンさんが答えてくれる。

「雑魚寝の安宿であれば一月は泊まれるくらいかな」

「あ、やっぱりこっちでも高いんですね……」

「こっち？」

「！　な、なんでもないですよ！　あ、あの！　あれはなんですか⁉」

わたしは慌てて話をなんとか逸らす。

「ああ、あれは……」

あ、危ない。

日本の相場と比べたら安いの……か？　こっちの物価を把握《はあく》するまでもうちょっとかかるかな。

気を抜くと、すぐに日本と比較し始めてしまう。

そんなことを思っていると、クロノさんが唐突に提案をしてくる。

「サクヤ、腹は減っていないか？」

「どうしたんですか？　クロノさん？」

「真珠はあれだが、海の幸《さち》は美味しいからな。あっちの方で取れたてを食べることもできるから、せめてそれは味わってほしいんだ」

「それは楽しみです！」

クロノさんはそう楽しそうに言ってくれるけれど、リオンさんの顔色は優れない。

「兄さん。あっちの方は海賊《かいぞく》が……」

「リオン。心配するな。おれ達が一緒にいるんだぞ？　ちゃんと警戒しておけばいい」

「でも……」

「心配するな！　それも含めてのこの街だ。知ってもらう……という話だっただろう？」

「……分かった。兄さんがそこまで言うなら、これ以上は言わないよ」

リオンさんは何か覚悟が決まった顔をしているのだけれど……どうしたんだろう。

っていうか海賊？

わたしもしかして、そんな危なそうな場所に行くの？

覚悟を決めないといけない？　気分的には観光しているつもりなんだけど……。

『安心しろサクヤ。俺がいる』

『っ……うん。ありがとう。ウィン』

唐突に念話が来るとちょっとびっくりするな。でも、ウィンがそう言ってくれるのはとても嬉しかった。

『だけど、危ないことがあったらウィンも逃げないとダメだよ』

『そこらの人間では俺に傷は与えられん』

そう言うウィンは、確かにクロノさん達と比べてもステータスは圧倒的に上だし、すごい存在だけど。

でも、わたしと出会った時は囚われていた。だから、油断してはいけないだろう。

『ダメ。ウィンがケガしたらわたしも悲しいから、ちゃんと気を付けてね』

『……』

ウィンが、え……という顔でわたしの方を振り向いてくる。

ど、どうしたのだろうか？

そんな変なこと言ったつもりはないんだけど。

ちょっと不安になっていると、ウィンはフッと笑う。

『そうだな。大事な主の言葉だ。心に刻んでおくとしよう』

『……うん。そうして』

大げさ……とも思ったけれど、ウィンが気を付けてくれるならそれでいい。

わたし達はそんなことを話しながら、海を目指すのだった。

「すごーい！　やっぱり海はこっちも一緒なんだね！」

わたしの視界には、果てしない海と港に繋がれた数々の木造の帆船《はんせん》が映っていた。

そして、鼻孔《びこう》をくすぐる磯《いそ》の香りに、仄《ほの》かに混じる酒の臭い。

昔日本にいた時と似た感覚を、ここでも味わえるとは思わなかった。お酒の臭いはちょっとあれだけれども。

「こっち？」

「なんのことですか？」

リオンさんが首を傾げてわたしに聞いてくる。こっちとはなんのことだろうか？

「サクヤちゃん、海はこっちも一緒、って言ってたよ？」

「……」

まずい、またやってしまっていたらしい。

わたしの背筋をたらりと汗が流れる。気を抜くとすぐにそんなことを話してしまう。

でも大丈夫、わたしには最強の技がある。

「え、えー、そんなこと言ったかなぁ？　気のせいですよ！」

そう、記憶がないのごり押しである。

「そ、そうだよね。ごめんね。思い出したくないこともあるよね」

リオンさんはそう言って、申し訳なさそうに謝ってくる。

「あ、いえ、気にしないでください。そうだ、リオンさんは海とか結構来るんですか？」

この空気を変えるためにとりあえず話を逸らす。

「僕？　うーん。僕はあんまり外に出るのが好きじゃないから、いつもは家で本とか読んでるよ。でも時々こうやって外に出て、空気を吸うのは結構好きなんだ」

「そうなんですね。本を読んでいるのもいいですけど、やっぱり実物を見てみないと分からないこともありますよね」

「うん。というかサクヤちゃん、まだ小さいのにそんなこと知っているなんてすごいね。僕はおうきゅ……家から出るようになるまで分からなかったから」

今絶対、王宮って言おうとしたよね。

でも、わたしはできる女。そんなことは無視してやれる。

「たまたまですよ。というか、なんか……わたし達、目立ってません？」

さっきからクロノさんが静かということもあり、ちょっと周囲を見ると、屈強《くっきょう》な男の人達がチラチラとこちらを見ていた。

別に変な集団……という訳ではないと思うんだけれど、視線を集める何かがあるのだろうか。

「みんな、サクヤちゃんみたいなかわいい子がいるのが珍しいんだよ」

「え、そ、そうなんですか？　でも確かに女性はあんまりいませんね」

この辺りを歩いている人はバンダナを頭に巻き、薄いTシャツに短パンを穿《は》いた男性ばかり。肌は日で焼けているのか浅黒く、腕は丸太のように太い。

ザ・海の男、というような人ばかりだ。

「この辺りは荒くれ者が多いからね。外国の人もいて、人さらいとかもあるんだよ？　だから気を付けてね？」

「あー、さっき覚悟を決めていたのはそういう」

「うん。最近は海賊も入ってきているって噂《うわさ》もあって、本当に危ないんだ。まぁ……兄さん……というか、ウィン様がいてくれれば問題ないとは思うけど」

そう言ってリオンさんがウィンを見ると、ウィンは当然とばかりに頷いた。

「さて、海はもう堪能した？」

「はい！　もう十分です！」

「なら戻ろうか」

「分かりました！」

わたし達は戻ろうとしたのだが、クロノさんが止めてくる。

「おいおい。せっかくここまで来たんだ。まだやらないといけないことがあるだろう？」

「やらないといけないこと？　兄さん。また変なこと言わないでよ？」

「さっき話しただろう？　ここで取れたての海の幸で昼食にしよう！」

昼食……確かに時間的にはおかしくないと思う。でも、さっき危ないって……。

わたしがそう思っていると、リオンさんが強く止める。

「兄さん。いくら何でもそれはダメだよ。この辺りの店は危険とは言わないけど、他と比べてやっぱり治安はそこまでよくないから」

「店？　誰が店で食べると言った？」

「え？　違うの？」

「当然だ。店で食べようとしたらウィン様やヴァイス様は入れないだろう。だから、出店で買って少し離れた……そうだな。この前見つけた秘密の場所で食べるというのはどうだ？」

秘密の場所？

わたしだけでなく、リオンさんも眉をひそめている。

「そんな場所、いつ見つけたのさ」

「リオンが宿で本を読んでいる時にちょっとな。意外ときれいな場所でおススメなんだ」

「安全なの？」

「何回か来ているが、誰も来なかったな」

リオンさんが不安そうにわたしの方を見てくる。

「サクヤちゃん。いい？」

「はい。クロノさんが安全だと言ってくださったのなら、大丈夫だと思います！」

彼は直感スキルと看破スキルも持っていたし、きっと直感で安全な場所を見抜いたに違いない。

「それじゃあ行くぞ！」

「はい！」

わたし達はそれから、美味しそうな物をこれでもかというほど買った。

出店に並んでいるものなので、そこまで高くもない。

クロノさんが買い、リオンさんがマジックバッグにしまい続ける。

「リオン。あれも美味《うま》そうだ。買っていこう」

「兄さん!? どれだけ買うつもり!?」

「ウィン様やヴァイス様にもいっぱい食べてほしいだろうが」

「それはそうかもしれないけど……サイフが……」

「おれ達ならすぐに稼《かせ》げる！ 心配するな！」

「もう……」

リオンさんは半ば諦めつつ、サイフを開いていた。

結局、十店舗くらいで食べ物を買い、クロノさんの案内で結構歩いて、港から離れていく。

そして、わたし達は崖《がけ》の方にやってきた。

怖くて崖下を覗き込めないので分からないが、海面までは十メートルくらいだろうか。

ここから突き落とされたら戻ってこられないだろうなぁ、とのんびりと思っていると、クロノさんがその崖から一歩踏み出した。

「クロノさん!?」

驚いて叫んでしまうが、クロノさんは腰の辺りまで落ちたところで止まる。

え……？ 何かハマっちゃった感じ？

「リオン。サクヤ。ここには段差があって、細い一本道が続いていてな。降りていけるんだ。海の方からも見つかりづらくて、のんびりとしたい時にはいい場所だ」

「はぁ……」

どうやってそんな場所見つけたんだろう。

とか思っていたけれど、ずんずんと進んでいくので、わたし達もついていく。

それから五分ほど降りていくと、海面より少し高いくらいの位置に洞窟があった。

奥は暗くて何があるか分からないけれど、海上を吹き抜ける風が心地よく肌を撫で、人の喧噪《けんそう》もなく、ただ落ち着いた波の音が聞こえる。

そんな素敵な場所だった。

「いいですね。ここ」

「だろう？　さぁ、別に黙る必要もないが、不必要に騒ぐ必要もない。のんびりと食事にしよう」

「はい！」

わたしはクロノさんに答えて、みんなで協力して敷物《しきもの》を敷き、料理を並べていく。

「いただきます！」

わたしはそう言ってから、ウィンやヴァイスの分を取り分けていく。二体は手で取ることができないから、わたしがやらないと。

「助かる。サクヤ」

「ウビャウ！」

「たくさん食べてね」

そう言って、わたしはわたしの分を食べ始める。

わたしが食べるのは、クロノさんおススメのクラーケンの素揚《すあ》げだ。紫色のイカのようなものを、ゆっくりと口に入れる。

「美味しいです！」

リオンさんの作ったスープしかり、なんでみんなこんな簡単に紫の物とか食べるんだろうなんて疑問に思ってたけど、美味しいものは美味しいので文句はない。

「だろう？　あの店のクラーケンは下処理を丁寧にしていてな？　話を聞いたところ、仕入れる業者もこだわっているらしく……」

「兄さん。そんなテンション上げなくていいから、ゆっくり説明して」

「おっと、そうだったな」

リオンさんが身を乗り出しかけていたクロノさんを止める。

彼は彼で美味しそうにアンチョビサンドみたいなのを食べていた。

ウィンはカルパッチョのような生魚を咥えて口に放り込んでいて、ヴァイスは、魚介のスープをペロペロと舐めていた。

クロノさんの料理の説明を聞きながら、わたし達はのんびりと食事をする。

宿で食べる食事もそれはそれで美味しかったけれど、こうやって開放感のある外で食べる食事もいいものだ。

わたし達が三十分ほど時間をかけて食事を終えた頃《ころ》には、皿の上には何もなくなっていた。

「美味しかったです！」

「うん。兄さんの舌は流石だね」

「これでも色々と食ってきたからな！　自信がある」

彼はそんなことを言いつつ片づけを終えると——不意に、腰に佩《は》いた剣に手をかけた。

「クロノさん？」

「しっ」

クロノさんは真剣な眼差《まなざ》しで、周囲の様子を窺《うかが》っていた。

リオンさんもクロノさんの様子に気付いたのか、杖をマジックバッグから取り出す。

『サクヤ、乗れ』

「うん」

ウィンはいつの間にかヴァイスを咥えていて、わたしの側に伏せている。

わたしが乗ると、ウィンはすくっと立ち上がった。

ヴァイスは食べたばかりだからか、咥えられているのにすやすやと眠っていた。羨《うらや》ましい神経をしている。

わたし達が立ち上がると、洞窟の奥と入り口の方から、いかつい男達が現れた。

「てめぇら……ここがどこか知ってて来てるんだよなぁ？」

「どういう場所？」

クロノさんが聞くと、男達は怒りをあらわに叫ぶ。

「ここは俺達パイレーツ海賊団のアジトだ！　潰《つぶ》しに来た奴がいると思ったら、舐めたメンツで来やがって……」

「生かして帰さねぇぞ」

「……」

パイレーツ海賊団とかいう名前には突っ込まないことにするけど。

クロノさん、さっきの反応からすると何も知らずにここに来てたっぽいよね。それが海賊のアジトって……嘘でしょ？　そんなミラクルある？

わたしの驚きをよそに、海賊達はにやけた表情を浮かべてわたしを見る。

「最近こそこそとしてやがったから、警戒しててよかったぜ。それに、今は強いやつもいるし、ついでに目をつけたちょうどいい奴もいるしな」

そう言って、男はわたしに視線を送る。

「え？　わたしですか？」

「ああ、いい服着てるし、みてくれもいい。こりゃあ高く売れる」

「え？　わたしにそんな価値ある訳……」

『百万年に一人……いや、一千万年に一人の人間よ』

ウィンの言葉が頭の中でフラッシュバックする。

……うん、わたしにはそれだけの価値があるわ。高くっていうのか、値段とかつけられないくらいはあるんじゃないのかな。百万年に一人の才能の値段っていくらになるんだろうね！

なんてわたしが考えていると、男達の表情が真っ青になっていった。

どうしたのだろうと思っていると、わたしの下から威嚇するような声が聞こえる。

ウィンが牙をむき、男達に今にも飛びかかろうとしていたのだ。

「ウィン！　待って！」

わたしはウィンを抱き締める。このままだと、あっという間に飛びかかってしまいそうだ。

クロノさん達もそれを察知していたのか、率先して声をあげてくれる。

「ここはおれとリオンでやる。サクヤ達は待っていてくれ」

「だね。僕達が連れてきてしまったんだし、ちょっとだけ待っていてほしいかな」

『……そうしなければ、この辺りが血の海になっていただろうな。そんな光景はサクヤに見せたくないから任せよう』

ウィンは落ち着いたのか、そう念話を飛ばしてきた。

「よかった……」

こんなきれいな場所が血の海に変わったら、流石にトラウマになってしまう。

「無事に帰れると思うなよ！」

「貴様達こそ俺達を舐めるな！　リオン！　入り口の方は任せたぞ！」

「分かった！」

クロノさんは剣を抜き、洞窟の奥——敵の数が多い方に向かっていく。

リオンさんは入り口の方を向き、魔法を詠唱して攻撃を始める。

「〈氷の盤上《ばんじょう》〉」

「うお!?　地面が滑る!?」

その言葉通り、男達の足元が凍《こお》り、走ることができなくなる。

その隙にリオンさんはさらに魔法を詠唱した。

「〈土の鞭《むち》〉」

「なんだ、これは!?」

リオンさんが続けて魔法を使うと、壁から鞭が何十本も生えてきて、海賊達の腕や足を拘束《こうそく》していき、あっという間に自由を奪ってしまった。

「すごい……」

「まぁ、こっちはね。でも、兄さんの方は……」

リオンさんがそう言って、洞窟の奥を見ると、クロノさんが最後の敵と戦っていた。

他の人達？　全員地面に倒れて動かなくなっていた。

「いつの間に!?」

でも、最後の相手は中々手強《てごわ》いのか、クロノさんも少し苦戦しているようだった。

その最後の敵は、身長はわたしより少し高いくらいとかなりの低身長だが、腕や足は海の男達よりも太い。顔にはとても立派な髭《ひげ》をたくわえていた。しかも持っている武器は斧《おの》で……ん？

わたしは少し疑問に思って相手を鑑定する。

《名前》　リクカイ
《種族》　ドワーフ

《年齢》　44
《レベル》　67
《状態》　健康
《体力》　1490　《魔力》　54
《力》　701　《器用さ》　548　《素早さ》　105
《スキル》　斧術《ふじゅつ》　鍛冶《かじ》　操船
《称号》　山の男　海の男

なんで山と海の両方なんだろう。ていうか、ドワーフとこんな所で会うとは思わなかった……。

そんなことを思っていると、クロノさんが口を開く。

「まさか海賊の仲間にここまでの手練《てだ》れのドワーフがいるとはな」

「ふん、こいつらに命を助けられた礼だ。これくらいはする」

相手のドワーフの口からは低く重たい声が返ってきた。

命を助けられたことがあるからって、最後の一人になってまで戦っているなんて。

そう思ったのはクロノさんも同じだったようだ。

「もう必要ないのではないか？　誇り高きドワーフがこんな奴らのために戦う必要はないと思うが？」

「関係ない。儂《わし》の命が尽きるか、こいつらを助けねば、誇りを守ることはできん」

「海賊を助けるのが誇りだと？」

「相手の属性だけで判断するのか？　貴様は命を助けてくれた相手が貧民であれば、礼もせずに立ち去ると？」

「それは……」

ドワーフのその言葉に、クロノさんは言い淀《よど》んだ。

「確かにこいつらはクズかもしれない。だが、儂の命を救ったのだ。ならばその恩に報いるため、どんな相手であろうと、儂は戦わねばならん」

彼は彼なりに信念があるようだった。

「なるほど、その考えは嫌いではないが……おれだって守らねばならない者がいる。守りたいと思う者がいる。その気持ちは譲れん」

そう言って、クロノさんはドワーフの腹に剣の柄《つか》を打ち込む。

「ぐっ、見事……」

ドワーフはそう言って、ドサリと地面に崩れ落ちた。

「ふぅ……危なかった」

「兄さん、お疲れ様」

「ああ、ここまで強い奴は中々いない。海賊はこれでなんとかなるだろう。サクヤ。すまんが少し待っていてくれ、こいつらを拘束して衛兵に引き渡さねば」

クロノさんはそう言ってわたしにわざわざ頭を下げてくる。

わたしは慌てて手を振る。

「気にしないでください。なんか気が付いたら終わっていたくらいなので、わたしもウィンもヴァイスも無事で……」

そう言って、いつも腕の中にいるヴァイスがいないことに気付く。

ヴァイスは確か……ウィンが咥えてくれていたんだった。

わたしはウィンの口元を見るけれど、ヴァイスはいない。

「あれ？　ウィン、ヴァイスは……」

「む……あの時に落としてしまったのかもしれない」

わたしを売ろうとか言っていた時か。

「って、冷静に分析《ぶんせき》してる場合じゃない!?　ヴァイス!?　どこ!?」

わたしは慌てて周囲を見回すけれど、ヴァイスはどこにもいない。

「そんな……」

わたしは、今日一番血の気が引いた。

◇　◆　◇　◆　◇

ボクはヴァイス！　サクヤの従魔で聖獣だ！

ボクは今、海賊達のアジトの奥を目指して進んでいた。

ウィンおじちゃんは強いからサクヤを任せても大丈夫。

なにせボクに勝ったんだからね！　それくらいできない訳がない！

そして、あの辺りにいた敵は、クロノとリオンが倒してくれるだろう。

だから、ボクはやることがなくなってしまった。

最初はサクヤの腕の中に戻ろうかと思ったけど、ボクだってサクヤの力になりたい。

だから、こうやって敵のアジトに乗り込み、そこにいる敵を倒してサクヤに褒めてもらおうと思ったんだ。

我ながら完璧な作戦だと思ったんだけど……。

「ウビャアアア」

思わず欠伸が出るほど誰もいない。

こっちの方に何かあるなーとボクの感覚が言っていた気がするんだけれど、気のせいだったのかな……。

でも、こっちから何かあるような気配はするんだよね。

ボクは警戒しながら歩いていく。

幸い、扉は開かれっぱなしだったから、特に問題なく入ることができた。

何かないかな……う、すごく変な臭いがする。

この街に来て、顔が赤い人がさせているような臭いだ。

近くには樽《たる》とか瓶《びん》が転がっているから、これの臭いかもしれない。鼻を塞《ふさ》ぎたくなるけれど、それができないのがかなり辛い。

でも、サクヤのためなら、これくらいどうってことない！

ボクは何かいないかなーと歩いていると、気になる物を見つけた。

「ウビャウ……？」

なんだか……ソワソワするような感覚だ。

洞窟の壁の向こう、ここに何かある……。

「ウビャア……」

しばらく悩んで、壁を手で叩《たた》く。

カチ。

「ウビャ？」

何か違う音がして、ゴゴゴゴと壁が動き出した。

「ウビャウ⁉」

ボクは慌ててそこから飛びのく。

少し待つと音は止み、そこにはとても……とても心躍《おど》る物があった。

「ウビャウ！」

壁の向こうには、金銀財宝が山のように積まれていたのだ。

ボクはその中に飛び込む。

「ウビャウ……」

いい。

これすごくいい。

なんだかサクヤに抱えられている時の次に落ち着く。

それくらいすごくいい感じだ。

そんなことを思っていたら、なんだか眠くなってきてしまった。

◇◆◇◆◇

「ヴァイスー！」

わたしは、従魔との繋がり……というのを頼りに海賊のアジトを進む。

海賊の残りはリオンさんにお願いして、ウィンとクロノさんと一緒に来ていた。

「うわ……酒臭《くさ》い」

「昼間っから飲んでいたんだろう。弱かったのはそれが理由かもな」

そんなことを話しながら歩いていると、道の途中で、壁に穴が開いているのに気付いた。

……いや、穴じゃない。隠し扉だ。

「これは……」

「サクヤ。ヴァイスだ」

「本当⁉」

扉の先を覗き込んだクロノさんの言葉に、わたしはウィンから飛び降りて、その部屋の中に駆け込んだ。

部屋の中では、ヴァイスが金貨の山をベッドにして気持ちよさそうに眠っていた。

「ヴァイス……心配させないでよ……」

「ウビャァ……」

わたしは寝言で返事をするヴァイスを抱えて、立ち上がる。

ジャラリ。

地面には所狭しと金貨や宝石が置かれている。ここにヴァイスが来たのって……やっぱり金運アップのスキルとか持ってたのと関係あるのかな？

わたしがそんなことを思っていると、クロノさんも部屋に入ってきて、金貨の山を見る。

「これは……あいつらここまで溜《た》め込んでいたとはな……」

「すごいですね。これは海賊を討伐したクロノさん達の総取りですか？」

「……変な言葉を知っているな。まぁ、こういう時は討伐した者が所有権を得るんだが……今回は違う。食事に連れてきたのに、危険な目に遭わせてしまったお詫《わ》びの意味もある。サクヤの総取りにしてくれ」

クロノさんはそう言ってくれるけれど、海賊と戦ったのはクロノさん達だ。それを貰うなんてことはできない。

「いいえ、わたし達は戦っていませんので、クロノさん達の物にしてください」

「いや……これは……とやってしまうと終わりがないかもしれん。平等に三人で分割でいいだろう」

「え？　でもわたしは誰も倒していませんよ？」

ただウィンの凶行を抑えていただけだ。

でも、クロノさんは違うと首を横に振る。

「いや、奴らはウィン様の威嚇に怯《おび》えて腰が引けていた。それに、ここを見つけたのはヴァイス様だ。おれ達だけだったら見落としていたし、国の調査で見つかってそのまま持っていかれていたかもしれない」

「そうなんですか？」

「ああ、だからそれら従魔の功績はサクヤに、それで、本来なら……そうか。半分はサクヤの分だな」

「いえ！　三等分でお願いします！」

減らしたのにまた増やされそうになって慌ててそう言った。

いきなり大量のお金を貰っても、身を持ち崩してしまうかもしれない。

それに今はあんまり興味はないけど、この先真珠とか宝石とかに目覚めないとも限らないし。

本当なら全くいらないと言いたいところだけど……貰えるものはちょっと貰っておきたい気持ちもあった。

クロノさんはやれやれといった感じで答える。

「そうか。では戻って衛兵を連れてこよう。ウィン様」

「なんだ？」

「おれ達以外の誰かがこの金貨などを持っていけないように、魔法で囲っておいてもらってもいいでしょうか？」

「問題ない。〈風の結界〉」

ウィンが魔法を張って、わたし達はその場を後にした。


それからその日は結局、取り調べで結構時間を使ってしまった。

といってもわたしは特に聞かれることはなく、女性の衛兵さんにジュースを貰ってのんびりとしていただけだ。

「怖かったね。もう安心だよ」

「あ、はい。大丈夫です」

慰《なぐさ》めてくれたけど、ウィンのお陰でとても安心していたので、むしろ問題はなかったくらいだ。

ただ、金貨の山はすぐにわたし達のもの……ということにはならないらしい。

海賊達が強奪を行なっていた証拠として、一定の期間は保管されるらしい。

「別にいいけど、ちょっと残念な気もするね」

わたしは帰ってきた宿で、ウィンにそう話す。

「なら俺が取ってこようか？」

「いらないよ。ヴァイスとウィンが無事だったんだから、それでいいの」

「確かに、俺が不要なことを言った」

「そんなことないよ。それじゃあ寝よう。ヴァイスはもう寝ちゃってるし」

「そうだな」

わたしは明かりを消して、ウィンの毛に潜り込んで眠りにつくのだった。

第5話

翌日、わたし達はクロノさん達に誘われて、魔道具屋に行くことになった。

その道中、昨日はあまり気付いていなかったけど、道行く人達が従魔を連れていたのが結構気になった。

冒険者などではない、普通の一般人でも、従魔証を着けた魔物を連れて歩いている人達がいたのだ。

やっぱり寛容なんだなぁ。

のんびりと進んでいたら、クロノさんが口を開く。

「実は今日行く魔道具屋の店主……プロフェッサーと言うんだが、ぜひともサクヤに会ってほしくてね」

「どうしてでしょう？」

プロフェッサーとか、中々すごい名前だ。敵のマッドサイエンティストとかでいそう。

「プロフェッサーは魔道具作成の技術ではこの国一番でな。それに加えて王都で多くのことを学んできた天才だ。人の培《つちか》ってきた技術を知るにはちょうどいいと思っている」

「なるほど……」

天才と言われると、どんな人なのか気になってくる。

でも、今はそれよりも魔道具だ。

やっぱり魔法の道具っていうのは気になる。

というか、この世界で便利に生きるためにも、いくつか作ってみたいものがあるんだけど……今日色々と話を聞ければ、実現可能か分かるかもしれない。

わたしがクロノさん達に案内されて行った先は……。

「ここ……なんか薄汚くないですか？」

そう、今にも崩れそうなほどボロボロの建物だった。

木造の二階建てで、看板は傾いており、今にも潰れそうだ。

「これが……世界最高峰の技術を持つ人がいる魔道具屋？」

わたしがそっとクロノさん達を見ると、二人は同時に視線を逸らす。

「あの、クロノさん、リオンさん」

「……」

「……」

じっと見つめていると、クロノさんがゆっくりと口を開く。

「いいか、サクヤ。プロフェッサーはとてもすごい人で、頭もいいんだ」

「はぁ」

「本来だったら、王城で主席開発室長にもなれる可能性があったんだが……」

「あったんだが？」

「新鮮な素材をいっぱい使って色んな魔道具を作りたい……ということでこっちに移ってきた研究バカなんだ」

クロノさんはハッキリとそう言った。

なんか、馬鹿なのか天才なのかよく分からないけどそれは置いておこう。

わたしはせめてフォローしようとして口を開く。

「それなら技術力はすごいっていうことなんですね」

「まぁ……魔道具に関しては、プロフェッサーに分からないことは誰にも分からないだろうというレベルではある」

なんか歯切れが悪いんだけど……どうしたのだろう。何かそれ以外で問題でもあるんだろうか。

そんなクロノさんを、リオンさんが急かす。

「兄さん。とにかく入ろうよ」

「そ、それもそうだな」

二人が木製の押し戸を開けて中に入る。

「あの、ウィンも一緒でも大丈夫ですか？」

「ウィン様も一緒で問題ない。ただ……ウィン様には少し狭いかもしれない」

「そうですか……ウィン、どうしたい？」

わたしがウィンに聞くと、彼は念話で答えてくれる。

『俺は外で待っていてもいいぞ？　他の時はいつも一緒だからな』

『なら今も一緒がいいと思わない？』

『当然だが……いいのか？』

『いいって言っているんだからいいんだよ！　一緒に行こ！』

『ああ、そうしよう。我が主は優しいな』

『普通のことだよ』

ここにウィンを置いていくのはかわいそうすぎる。

ギルドで従魔の証を貰っているから、外で一匹で待っていても問題ないけれど、わたしはやっぱりウィンと一緒にいたい。

ヴァイスはわたしの頭にでも乗っければいいんだけどね。

わたし達が店の中に入ると、そこには様々な道具が置かれていた。

どれをどんな風に使うのだろうか。分からないけれど、とにかく興味を引かれる。

色々な物を見ていると、聞き覚えのない低いバリトンボイスに声をかけられる。

「そこの小さいのと……犬と猫はなんだ？　貴様らは私の魔道具のよさなど分からないだろうが」

わたしが声のした方を向くと、そこには長身痩躯《そうく》で少し猫背の男性が立っていた。

目つきは鋭く、わたしが何者なのかを見極めようとしている。髪は煤《すす》けた灰色をしていて、それを首の後ろ辺りで適当に纏めて背中に流していた。

服は擦り切れた白衣を纏っているが、繕《つくろ》った跡などもあるので物持ちはいいのかもしれない。

そしてとても特徴的だったのが、両目の色が違うことだった。右目は水色で、左目が赤色だ。

わたしは彼にあいさつをする。

「初めまして、わたしはサクヤと言います」

「私のことはプロフェッサーと呼べ」

「あの、その名前は本名なんでしょうか？」

「当然違う。だが私は元の名を捨てたのだ。だからそう呼べ。問題があるのか？」

「いえ、ありません」

それから、わたしは彼をじっと見て鑑定をしようとして……やめた。

名前を言わないのには彼なりの理由があることは明白だし、捨てた……ということはやっぱり嫌な記憶があるからなのだと思う。それを鑑定ができるからと見抜いていい訳がない。

わたしがじっと見つめていたのが気になったのか、プロフェッサーが口を開く。

「なんで私をじっと見る。だいたいクロノ、リオン。なんなのだ、この娘は」

「プロフェッサー……彼女は俺達が森でジャイアントオーガに襲われていたところを助けてくれた

んだ」

「なに？　こんな子供が……？　いや、その下のちっこいのはホワイトウルフか？　だがそこまでの力は……」

ぶつぶつと呟きながら考え込むプロフェッサーに、クロノさんが切り出す。

「プロフェッサー。彼女は魔道具に興味があるようなんだ。どんな物があるのか教えてくれないか？」

「本来なら助手にでもやらせるところだが……あいにくいないからな、仕方ない。何か気になる物はあるのか？」

そう言われて、わたしは近くにあった魔道具を手に取る。

「これとか……なんでしょうか？」

わたしは水色の杖のようなものを手に取る。爬虫類《はちゅうるい》の皮らしきもので包まれていて、長さ三十センチ、太さはわたしがギリギリ握《にぎ》れるくらいで、先端に水色の宝石らしきものがついている。

「それは〈水の弾丸〉の魔法が込められた魔道具だ。素材はアクアリザードマンの皮にアクアリザードマンの魔石。割と一般的に売られているものだ」

魔石って、初めて聞いたな。

確かファンタジー小説だと、魔物の体内で作られるみたいなのが多かった気がするけど……でも、ものすごく初歩的なことっぽいし、ちょっと聞きづらいかも。

「ではこっちは？」

わたしはさっきと同じくらいのサイズで、色がオレンジ色のステッキを持つ。

「それは〈火球〉の魔法だな。素材はフレイムリザードの皮と魔石だ」

「その素材というのは魔石と同じ魔物のものみたいですけど、そうしなければならないんですか?」

「基本的にはそうだな。ただ、魔物にも属性や相性があって、別の魔物の組み合わせによって魔法の効果がより高くなることがある。だが、その組み合わせは幾億《いくおく》通りもあり難しいのだ」

「なるほど……」

「有名なところで言うと、魔物避けのテントがそうだな。あれは〈魔力遮断《しゃだん》〉の魔法がかけられていて、素材は魔蚕《まかいこ》だが、魔石はブルースライムのものが使われている」

中々奥が深そうである。

というか、魔道具がどうやって作られるのかもこの際見てみたい。話を聞くだけでは分からないからだ。

わたしは思い切って聞いてみる。

「あの、魔道具ってどうやって作るんですか?」

「気になるのか?」

「はい!」

わたしがそう言うと、プロフェッサーはニヤリと笑い、背を向ける。

「ちょうどいい。今日はリオンに手伝ってもらう予定だったからな。見ていくといい」

「いいんですか⁉」

「その年で魔道具に興味があるのなら、見込みがある。頭の回転も速そうだし、私が教えてもいいだろう」

そう言って、わたし達は裏に案内される。

でもそこは、ウィンが入れないくらい狭い場所だった。

というのも……。

「なんでこんなに物が積んであるんですか!?」

魔物の素材らしき物が山のように積んであったからだ。

わたしはその惨状《さんじょう》に、思わず声をあげる。

「掃除しましょう。仕事場をこんな汚い状態のままにしていたら、いい仕事なんてできませんよ！」

わたしはみんなに向かってそう言う。

日本にいた時もよくあったものだ。机の上が汚い人ほど、仕事が後から出てきた、急ぎの仕事だから手伝ってほしいとか言って頼ってきた。

もっと早く言ってくれれば普通に手伝えたのに、なんでそんなギリギリになって言ってくるんだとイラついた。だから、できる限り仕事場はきれいにしておきたい。

しかし、プロフェッサーは面倒くさそうにする。

「問題ない。助手が帰ってきたらやる」

「それまでこのままってことでしょう。それではダメです！　いいからやりますよ！　クロノさんとリオンさんもいるんですから！　ちょうどいいじゃないですか！」

「おれ達もやるのか!?」

「わたしの案内の一環だと思って、手伝ってください！」

「わ、分かった……」

それから掃除をしたけれど……最初に思ったほど汚いという訳ではなかった。

積まれていたのは、魔物の素材や書きかけの研究が書かれていた紙ばかりで、食べかけや飲みかけの何かが出てくることはなかった。

そんな訳で、思っていたよりスムーズに片づけは完了する。

「なんか……想像していたほどではなかったです。食べかけのパンとか出てくるかもしれないと覚悟していたんですが……」

わたしがそう言うと、プロフェッサーは面倒くさそうに物を片づけながら答える。

「そんなものを残していては、魔道具に悪影響が出るかもしれん。そんなことはできない」

「あ、そこはしっかりとしているんですね」

汚部屋《おべや》だったから正直ちょっと引いてたけど、仕事に対してのプライドは持っているようだった。

「当然だ。だがこれできれいにはなったか。感謝するぞ」

「いえ……」

プロフェッサーはそう言ってから歩き出す。

「では地下に行くぞ」

「地下ですか？」

わたしが聞くと、プロフェッサーはさらに奥の扉を開けて、地下への階段を進む。

「地下でなければ魔法など怖くて撃てないだろうが」

「魔法を……撃つ？」

魔道具ってそういうものなの？

というかもしかして、地下に移動するなら今ここを急いで掃除しなくてもよかった？

……やめよう。プロフェッサーが仕事をする場所が広くなっただけでよしとしよう。ベッドも出てきたみたいだし。

そんなことを思いながら地下に下りていくと、そこには広い空間があった。

天井までの高さは三メートル、広さは十メートル四方だろうか。下は土で、壁は石で作られていて、三方向にそれぞれ扉があった。

唯一扉のない壁際には人形が置いてあるが、その後ろの壁は焦《こ》げていたり傷がついていたりして物騒だ。

「魔道具の作り方だが、実際に見てもらった方が分かりやすいだろう。リオン。こちらへ」

「はい」

プロフェッサーは壁際……なぜか人形が置いてある辺りに向かい、リオンさんはそこから五メートルほど離れた場所に立つ。

プロフェッサーはどこから取り出したのか、手には真っ赤な手のひら大の魔石を持っていて、魔法の詠唱を始めた。

「よし、では行くぞ――〈魔の定着〉」

プロフェッサーの前の空間……人形の前辺りに、真っ黒いブラックホールのようなものが現れた。

「リオン、やれ。〈炎の槍《やり》〉だ」

「はい。〈炎の槍〉」

リオンさんが放った大きな炎の槍が、真っすぐに人形を目掛けて飛んだ。

しかし〈炎の槍〉は人形に当たる前に、プロフェッサーの前の黒い何かに吸い込まれた。

「今のは……」

わたしが見ていると、プロフェッサーは笑みを浮かべていた。なんだろう、人を罠《わな》にはめて喜んでいるみたいな笑みで、ちょっと怖い。

彼はわたしがそんなことを思っているとは露知《つゆし》らず、丁寧に説明してくれた。

「今のを見ただろう？　今の魔法は付与魔法の一種でな。〈魔の定着〉を通り過ぎた魔法を、魔石に定着させることができるのだ。今リオンが撃った魔法は、この魔石の中に封じられている。そして、その魔石を加工して、魔法が使える魔道具としている訳だな」

プロフェッサーはそう言って、持っていた魔石を見せてくる。

「魔石っていうのは魔力が宿った石……ですよね？」

確認するようにそう尋ねると、プロフェッサーは頷いた。

「そうだ。魔物の体内で生成されるものだな」

よかった、合ってたみたいだ。

「では、なんで素材を……さっきのであれば皮を使うんですか？」

「基本的には、素材を使って道具の形にすることで、魔法を放つ方向に指向性を持たせるためだな。杖なんかは分かりやすいだろう。他にも理由はあるが」

「なるほど……」

魔道具か……とってもおもしろそう。それに、わたしでも安全に作れそうな気がする。

というか、こんな便利なものがあるなら、危険な森でももっと安全に探索できるようになってるんじゃなかろうか。

例えば……。

「結界の魔道具とかって作れないんですか？　作れれば多くの人を守れるのではないかと」

一昨日の襲撃の時だって、魔道具で簡単に結界を張って城壁を守っておけば、役に立っただろう。

結界を張って時間を稼いでいる間に、他の人が魔物を狩る、といったこともできると思う。

でも、プロフェッサーは首を横に振る。

「いい考えだな。だが、それが簡単にできれば苦労はしない。なぜなら、結界魔法を使える者がいたとしても、王都の大貴族に囲われてしまって、魔道具作りに協力してもらえないからだ。貴族連中は暗殺を何よりも恐れているから、魔法使いを貸すこともしてくれん」

「へー。じゃあわたしのやつでもいけるのかな」

わたしはウィンのお陰で結界魔法を使える。

まだまだ初歩の初歩であるし、わたしの半端《はんぱ》な結界を定着とかできるかは不明だけど。

そんなことを一人で考えていると、プロフェッサーが詰め寄ってくる。

「もしかして……結界魔法が使えるのか？」

「……」

やば……つい口走ってた……？

わたしは慌てて弁明をする。

「い、いや、そんな訳ないじゃないですか！　わたしはしがないただの幼子ですよ！」

「ただの幼子がそんな立派な魔物を従魔にできると思うか？」

プロフェッサーはウィンの方をちらりと見てそう言う。

「た、たまたまですよ！　そうたまたま！」

わたしはなんとか誤魔化そうとするけれど、プロフェッサーは引かない。

だけど強引に詰め寄ってくることもないので、ウィンもヴァイスも見ているだけだ。

助けてほしいけど、ここで助けを求めたらそれこそ本当に結界魔法を使えますと言っているようなものだ。

だからわたしは一人で乗り切るんだ！

そう決意を固めていると、プロフェッサーがわたしに目線を合わせるようにしゃがみ込み、口を開く。

「サクヤと言ったか……この街が今どんな状況にあるか知っているか？」

「状況……ですか？」

一昨日来たばかりだからなんとも……。

「そういえば最近来たばかりなのだったな。そうだな……そもそもこの街は、魔物達の侵攻を止めるために作られた街でもあるのだ」

「侵攻を……？」

「ああ、このケンリスの東は海、西は高い山脈で仕切られていて、南には強力な魔物達が多く住むダンケルの森。そして、北には私達の祖国であるファリラス王国の国土がある」

地理のことはあんまり知らなかったので、へぇ……と思いつつ頷く。海には昨日行ったけど、山もあるのか。

のんきなわたしに、プロフェッサーは続ける。

「そして、この街は長年の魔物達の攻勢でかなりガタが来ているんだ」

「そうなんですか？」

「ああ、現在の領主のせいもあるが……それ以外にも、他の街とは比較にならないくらい、魔物が襲ってくるんだ。そして、もしここが陥落《かんらく》すれば、魔物達が王国内に流れ込むことになる。それは阻止したい。そのためには、冒険者達が安全に戦えるように魔道具が必要なのだ」

「……」

「だが、結界魔法を持つ者達は、さっきも言ったように王都の大貴族達に囲われていて引き抜けない。だから新たに結界魔法を使える者が必要なのだ」

ものすごく真剣さが伝わってくる彼の言葉を聞いて、わたしは尋ねずにはいられない。

「あの、この街が落とされたら大変なんですよね？　ならどうして領主だけでなく、王都の人達もそれに協力しようとしないんですか？」

「ここから王都までは馬車で三か月はかかる。だから、自分達の領地に魔物が到達する前に、他の領地がなんとかするだろうと思っているのさ。それに、奴らは自分達の権力争いで忙しくて、こんな土地のことまで気にかけていない。私はそんな場所が嫌でここに来たんだがな」

「……」

反吐《へど》が出ると言いたそうな表情のプロフェッサーに何も言えないでいると、彼は再び真剣な表情になる。

「だから頼む。結界魔法があれば、後衛は安全に魔法が使えるようになるし、いざという時の時間稼ぎにも使えるんだ。人々を救うために力を貸してくれ。お前の……サクヤの力が必要なんだ」

わたしはその話を聞いて、迷う。

この街の冒険者は、とてもいい人達ばかりだった。少なくとも、わたしに何かしようとしたり、敵意を抱いたりといったことはなかった。もし敵意を持っていたとしたら、ウィンが絶対に警戒していたはずだから。

わたしは少しだけ迷い、正直に話すことにした。

「わたしは結界魔法が使えます」

「本当か!?」

「はい。ですが魔法については習い始めたばかりで、プロフェッサーの求めるレベルにあるかは分かりません。それでもいいですか？」

もし、結界魔法の魔道具が流通し始めたら、わたしの存在がバレてしまうかもしれない。

でも、それでもいいじゃないか。

そうだ。人を助けるのに、迷う必要なんてない。お願いされて、わたしが必要だと頼られたんだ。

それはとても嬉しいことだった。

プロフェッサーは感謝を述べてくる。

「それでいい！　助かる……では早速やるか」

先ほどまでのお願いする姿勢はどこに行ってしまったのか、今は最初に会った時のように淡々としている。

でも、多くの人を救うことを考えれば、早く行動に移すことも大事だろう。

「結界魔法の魔道具に使える魔石と素材を持ってくる。そこで待っていろ」

彼はそう言って、入ってきたのとは別の扉を開き、そこに入っていった。

わたしが待っていると、ウィンが近付いてきて念話を送ってくる。

『サクヤ。いいのだな？』

『うん。大丈夫。でも……もし何かあった時は逃げよう？』

『逃げる必要はない。俺の牙に砕《くだ》けぬものはないのだからな』

『ありがとう。ウィン』

わたしがウィンにそう言っていると、ふと視線を感じた。

そちらを向くと、クロノさんとリオンさんがいた。なんだか妙に覚悟が決まったような顔をしているのは少し気になったけれど、何かあったのだろうか。

……もしかして、わたしが結界魔法を使えると言ってしまったせいだろうか。

なんて考えていたら、プロフェッサーが透明の魔石と、ガラスのような塊を持ってきた。塊は壁際の机に置き、先ほどと同じように準備を始めた。

「よし、では私が定着魔法を発動させる。そこに結界魔法を当ててくれ」

「えぇと……結界魔法って動かせるんですか？」

さっきの〈炎の槍〉とかとは勝手が違うと思うんだけど。

「ああ。結界魔法を張ったまま近付いて、結界だけ当てればいい」

「なるほど。分かりました」

わたしは目を閉じて集中し、結界魔法を使う。

冒険者達を守れるように、一人でも多くの人を守れるように。

大きさはちょっと背の高い冒険者でも守れるように、長身のプロフェッサーが入るようなサイズのイメージだ。ただし、全身を囲うのではなく、一枚板のような感じにした。全身をカバーできるようなものだ。

わたしが目を開けると、半透明の結界が張られていた。

「これを動かせばいいんですよね？」

「ああ、問題ない」

わたしは結界を維持したまま、プロフェッサーの定着魔法のほうへ歩く。

すると――

バギン！

結界に当たった後、プロフェッサーの手の上の魔石に、大きなひびが入って割れてしまったのだ。

「あ」

「なん……だと……」

なんでだろう？

わたしは何かやってしまったのだろうか。

どうしようと思っていると、プロフェッサーは首を横に振った。

「先に言っておくべきだったか……いや、ここまですごいとは思っていなかったな。サクヤ」

「はい！」

プロフェッサーの鋭い視線にさらされて不安になる。

やばい。

怒られるだろうか。心配して次の言葉を待つ。

でも、それは杞憂《きゆう》だった。

「悪かった。お前の結界魔法は相当上位の魔法なのか……あるいは、お前の魔力が桁違いに多いのだな？」

「え……ど、どうでしょうか……」

結界魔法は神聖魔法の一部だし、魔力量は確かに桁違いだよね。

誤魔化そうとしたけれど、どっちも当てはまっているから確実に目が泳いでいる自信がある。

「どちらでもいいが、次の結界魔法を使う前に、威力調整を行う必要があるな」

「威力調整？」

「そうだ。さっき見た通り、サクヤの結界魔法は強すぎるんだ。だから、魔石がその強さに耐えきれずに自壊した」

「そういうことだったんですね……」

「だから次は、ある程度の攻撃で壊れるくらいの強度になるよう、魔力を抑えた結界魔法を使ってもらいたい。いいか？」

「分かりました」

なるほど。

確かに、わたしの兆を超える魔力で結界を作ったからね。あり余る魔力で作ったらそんな風にもなるか。

わたしは先ほどよりも脆《もろ》くなるように想像して、結界魔法を作ってみた。

「これでどうでしょうか？」

「よし、ではクロノ。結界を攻撃してみろ」

「分かりました」

クロノさんは剣を抜き、思い切り振りかぶって結界を狙って叩きつける。

「砕けろ！」

気合の入った言葉と共に——剣がはじけ飛ぶ。

パキィン！

「あ」

「あ」

「あ」

剣は宙を舞い、天井に当たったと思ったら落ちてきた。

カン……カラカラカラ。

「……」

「……」

「……」

クロノさんの足元に転がった剣には柄がない……そう、根元からぽっきりと折れてしまっていたのだ。

「ごめんなさい！」

わたしはとりあえず謝った。やってしまった時には先制で謝るに限る。

でも、クロノさんは怒るようなことはしなかった。

「いや……おれがサクヤの結界魔法を侮ったことが問題だから気にするな。しかし、おれの一撃を受けてもびくともしないとは驚いた。予備の剣とはいえかなりの業物《わざもの》だぞ？　一体どれだけ硬くしたんだ？」

「えっと……その……」

すぐに壊れるように脆くしたつもりだったなんて言えない。

「まぁ……分からんのであれば仕方ない。しかし……どの程度まで脆くしていけば魔石に定着できるようになるのだろうな？」

クロノさんはプロフェッサーに聞く。

「そうだな……リオンの〈炎の槍〉を五発耐えられるくらい。というレベルであれば問題ないだろう」

「あの貫通力がある魔法を五発も耐えられる？　確かにそれだけ硬ければ、冒険者は助かるが……しかし、いくらサクヤでも、そんなすぐに調整できるか？」

「試してみるしかないな。魔力ポーションはあるから安心しろ」

そういう訳で、リオンさんの魔法をわたしの結界に撃つことになったのだけれど……。

「十発撃ち込んでも傷さえつかないいんだけど……」

リオンさんは疲れたのか、ひざに両手をついて肩で息をしていた。

「す、すみません……」

でも、どうしたらいいんだろう。

結構脆くなるように作ったつもりなんだけど……。

もっと脆くしないといけないか。

そうだな……何か柔らかいものをイメージして、それをちょっとずつ硬くしてみよう。

ヴァイスが暇そうにしていたから、作った結界魔法を一つ彼の方に送っておく。

ヴァイスはかじったり爪を立てたりして運動していた。

かわいい。

わたしは再び集中し、柔らかいものを考える。

「一番柔らかいもの……豆腐《とうふ》かな」

柔らかいものの代表と言ったらこれだろう。当然、木綿《もめん》ではなく絹《きぬ》だ。

わたしは絹ごし豆腐のように柔らかい結界を想像する。

なんだそれと思わなくもないけれど、想像する。

「――できた！」

そうしてわたしの前に、なんだかぶよんぶよんする結界ができていた。

「なぁ……それ、なんかたわんでないか？」

「そうかもしれません……」

クロノさんが言う通りだ。わたしはそっと触ってみる。

「あ、絹ごし豆腐みたいな触感」

しかし次の瞬間には、それが崩れ去る。

「あ……」

わたしは残念に思うけれど、プロフェッサーは頷いていた。

「それでいい。サクヤの魔法は強すぎる。最初は弱くして、徐々に硬くしていけばいずれ満足行くものが作れるだろう」

やっぱりわたしのやり方でいいみたいだ。

「分かりました」

わたしはそれから徐々に硬いものを想像していき、結界の硬度を上げていく。

そして二十三回目で、ちょうどいい硬さに作ることに成功した。

「よし！　これでいい魔道具が作れるぞ！」

「よかったです。これでわたしの仕事はとりあえず……」

「早速本物の魔物で試しに行く！　そら！　行くぞ！」

そうテンション高く話すプロフェッサーの表情は、さっきまでの鋭さなどなく、子供のように無邪気で楽しげだった。

「い、今からですか!?」

リオンさんが驚く。

「当然だ。鉄は熱いうちに打つ必要があるだろう？」

「でも、もう夜ですよ!?　流石に危険です！」

クロノさんが慌てて止めてくれた。

というか、もうそんなに時間が経っていたのか。

「だが」

「それに、まだ魔石に魔法を定着させたばかりではないですか！　それを魔道具として調整するのに一週間はかかるのでしょう？」

「私であればすぐにできる」

プロフェッサーは本気で行くつもりだったようだ。

しばらく言い合いをしていたけれど、結局翌日の朝に出発することにということが決まったらしい。

わたしはプロフェッサーに聞く。

「プロフェッサーも一緒に行くんですか？」

「当然だ。私が作った魔道具は全て、実際に起動し、使えるか、不具合はないか確かめることにしている。それを自分自身でやることは、魔道具師にとってもっとも重要と言っても過言ではない」

「分かりました。わたしもついていってもいいでしょうか？」

「サクヤちゃん!?」

リオンさんが驚いているけれど、これは普通のことだと思う。

だって、この魔道具にはわたしの結界魔法が使われている。それを自分の目で確かめずにどうすると言うのか。

「いいだろう。では出発は明朝だ、寝坊するなよ」

「はい」

プロフェッサーは渋ることなく了承してくれたので、行くことは決定した。

そのあとはクロノさん達と一緒に宿に帰り、ウィンと話したり、ヴァイスと遊んだりする。

その途中、ウィンがしみじみと頷いていた。

『魔道具か……人はおもしろい物を作るのだな』

『ウィンがいた昔にはそういう物はなかったの？』

『存在自体は知っていたが、そこまで興味がなかったからな。どんな物かは知らなかった』

『それでおもしろいんだ』

『ああ、俺達は自身の属性の魔法なら好きに使える。だから魔法を魔道具に封じ込めて、それを利用するなんて発想はなかったんだ』

『だとしたらよかった』

『よかった？』

ウィンは不思議そうに首を傾げる。

わたしはのんびりと話を続けた。

『うん。だって、今日はわたしが一人で楽しんじゃってるのかと思ってさ。ウィンもおもしろいと思ってもらえたら嬉しい』

『気にしなくてもいいんだぞ？』

『ううん。わたしはウィンとヴァイスが嫌な気持ちになることはしたくないの。一緒にいてほしいと思っているんだから、そう思うのが当然でしょう？』

『サクヤ……。全く……かわいい主め』

「ちょ、ちょっとウィン？」

ウィンがわたしを魔法で浮かせて、モフモフの中に閉じ込めたので念話ではなく普通に話す。

でも、閉じ込め方はとても優しく、ちょっとくすぐったい程度だった。

閉じ込め方って変な感じだけど……。

「ウギャゥ」

「ちょ、ヴァイスまで」

そんなウィンの様子を見ていたヴァイスも、わたしの顔に張り付こうとしてくる。こっちのモフモフは結構ふんわり柔らかくて感触が全然違う。

前門の虎、後門の狼といった具合だろうか……危険はないけど。

モフモフに全てを包まれていて、ずっとこうしていたい。

「もう……二人とも……」

そんな風に、のんびり夜は過ぎていった。


翌日。

ウィンにヴァイス、クロノさんとリオンさんと一緒に、プロフェッサーを店まで迎えに行く。

クロノさんが代表してノックをすると、プロフェッサーが飛び出てきた。

「遅い。待ちくたびれたぞ」

「正門が開くにはまだ数分かかりますよ」

「それでも早く検証したいのだ！」

そう言うプロフェッサーは、絶対に寝ていないと断言できそうなほど体調が悪そうだった。

鋭い目の下には濃いクマができていて、髪もボサボサになっている。

「プロフェッサー……まぁ、あなたはいつもそうか。では行こう」

「そうだ。それでいいんだ」

そんなこんなでわたし達は出発したのだけれど、せっかくなのでプロフェッサーが作った魔道具を見せてもらうことにした。

「あの、プロフェッサー。どういった物ができたんでしょうか？」

「ん？　ああ、見るがいい。これが利便性なども考えて、一晩かけて作った魔道具だ」

彼はそう言うと、マジックバッグなのか、小さなバッグからお誕生日会で被るような真っ赤なとんがり帽子を取り出した。

「あの……それは……」

まじですかそれ、と思わずにはいらなくて聞くと、彼は答える。

「これがもっとも利便性がいい装備品となる！　杖は手に持たなければならず、前衛や後衛が持っても邪魔になる。しかし、腕輪や指輪では、このサイズの魔石を着けることはできない！　服に仕込むことも考えたが、それでは一着しか着られない。だが、帽子であれば替えが利く！　いざという時にこう……帽子を深く被るようにすれば……」

彼はそう言って頭を押さえるようにすると、目の前に結界が作り出された。

「これで問題ない！　どうだ、素晴らしいだろう！」

そう言って高笑いをするプロフェッサーを見て、かっこよくはないけど、実用性はあるんだなと感じた。

「あの……それってどうしてもその帽子じゃないといけないんですか？」

「これは……家にこれしか帽子がなかったのだ」

「なるほど……」

なら実際に売り出す時は、帽子はお客さんに持ってきてもらって、それに仕込んだ方がいいかな。

そんなことを話しつつ、わたし達は正門を出て、ダンケルの森を進む。

この前のように、魔物が近付いてこないようにウィンにお願いしてもいいのだが、そうすると魔道具の実験にならないため、対応しないようにしてもらっていた。

そうして歩くこと三十分。ついに魔物が現れる。

「グルルルルルルルル」

緑色の狼で、フォレストウルフという種族だそうだ。動きが素早く決して油断できない相手らしい。

「さぁかかってこい！　この私の魔道具の実験台になるがいい！」

「あ！　ちょっと!?」

プロフェッサーは、慌てるリオンさんを置いて前に進み出た。

「グルルルルルガアアアアアアア！！！」

「さぁこい！」

牙をむいて飛びかかってきたフォレストウルフの一撃を、プロフェッサーは目の前に結界を出して防ぐ。

ギィイイイン！

「はぁっはぁ！　見たか！　これが私達が作った魔道具の威力だ！」

プロフェッサーは楽しそうにそう叫んでいる。

それからも結界は何度か攻撃を防ぎ、ついにフォレストウルフはプロフェッサーから距離を取って睨《にら》みつけ始めた。

「さぁもっと来い！　お前程度では私に傷はつけられないがな！」

結界魔法を帽子に着けるのも悪くないのかも、なんて思って見ていると、フォレストウルフはこれまでと違った行動をしてきた。

「あ、貴様。それは、やめ……」

フォレストウルフはプロフェッサーの周囲をぐるぐると回り始めたのだ。

結界魔法は正面にしか張られていない。

なら、それ以外の場所から攻撃すればいいという単純な話だ。

そのいでたちから当然のように体力のないプロフェッサー。徹夜明けということもあり、足元がふらついている。

「はぁ、行ってくる」

「お願い、兄さん」

そう言ってクロノさんは駆け、フォレストウルフを一刀で切り伏せた。

流石Aランク冒険者。

「うむ……よくやった……」

ちょっと激しく動いただけで息切れしているプロフェッサーが、なぜか偉そうにそう言う。

「無茶はやめてほしいものだな。これで満足か？」

「何を言っている……。実戦で使えるようにするには……まだまだ試してみなければ……分からないことが……山ほど……あるわ」

まだ続けるつもりらしい。

「なら立ってください。次はどんな魔物の相手がいいですか？」

「次は……一撃が強い奴がいいな。ダークベアーがこの森にはいるだろう」

「でもダークベアーは……いや、そいつらが多く生息する方に向かいましょう」

リオンさんはプロフェッサーと話し、ちょっと迷いながらも進む方向を決めた。

わたし達がクロノさんの案内で進む最中も、多くの魔物が出てくる。

魔法で姿を消しながら、頭に生えた一本角で一突きしてくるエアホーンラビット。

木の上に潜んで息を殺し、獲物《えもの》が通ると飛び出してくるツリースネーク。

ただただ丸まって転がり続けるインフィニットアルマジロ等々。

ウィンが狩らずに放置していると、こんなにもいっぱいいるのかと思うほど魔物が現れてくる。

しかし、ほとんどはクロノさん達が倒してくれて、時にはプロフェッサーが楽しそうに前に出て結界で防いでいた。

インフィニットアルマジロを、結界の上で回し始めた時は、遊んでるんじゃないよと思ったものだけど……。

歩き始めて一時間もしたら、目的のダークベアーに出会った。

三メートルを超す巨体で、全身真っ黒だけれど、目だけが黄色にランランと光っている。

プロフェッサーはそんな奴に向かって笑顔で突撃していく。

「よし来た！　こいつの一撃を受け止めることができれば、このまま販売しても問題ないだろう！」

「プロフェッサー！　一人で前に出るな！」

クロノさんは相手が悪いと思っているのか、そう言って追いかける。

「さぁこい！」

「グアアアアアアア！！！」

ズン！

ダークベアーの爪の一撃は、あっさりと結界で防がれた。

プロフェッサーは一撃を食らった場所をじっと見つめている。

「素晴らしい！　素晴らしいぞこれは！」

そう言いながら、再びダークベアーに突っ込んでいく。

「プロフェッサー！　そんな笑顔で向かっていかないでください！　ダークベアーはBランクの魔

物なんですよ!?」

「無駄だ！　無駄なのだ！　この魔道具がある限り私は死なん！」

「検証なんですから、ある程度で満足してください！　兄さん！　倒すよ！」

リオンさんは流石に慌てて、クロノさんと一緒になってダークベアーを倒す。

プロフェッサーはまだやりたそうだったけれど、クロノさん達がダークベアーに向かったことで大人しく戻ってきた。

「しかし、あれだけの攻撃を受けてもヒビすら入らんか。何という結界魔法……これならより多くの命を救うこともできるだろう」

そう言って満足げだ。

それから何度か魔道具の検証を重ねてから、わたし達は街に戻ったのだった。


プロフェッサーの店に入り、一息ついたところで、魔道具の話になった。

「ご苦労だった。あとは微調整《びちょうせい》してすぐにでも売りに出せるだろう」

「はい。それはよかったです」

「だが、この魔法の出どころを黙っておくのは当然として……支払いはどこにしておく？　助手が帰ってきていれば、その話もできたんだが……」

あーなるほど、魔法を提供したからその分の代金を貰えるのか。

ということは、これがわたしのこの世界での初仕事!?　いくらくらい貰えるんだろう。

「その年では口座はないだろう。とりあえずこれを受け取っておけ。必要ならまた言うがいい」

そう言ってプロフェッサーが差し出してきた金色の硬貨を見て、わたしはちょっとビクリとする。

受け取ってよく見る。

これ……五百円玉……な訳ないよね。金貨……っていう感じだけど……。

「あの……これは……」

「金貨に決まっているだろう。この魔道具は確実に売れるぞ。それくらいは当然だ」

プロフェッサーはそう言って、楽しそうに赤色のとんがり帽子を見つめる。

……このままじゃ、あの帽子の形で正式決定になるよね。

金貨の価値がどれくらいなのかは分からないけど、普通に高額な報酬だと思うし、微妙なものを売り出す訳にはいかない。

「一つ……いいですか？」

「どうした？」

「その魔道具って、赤い帽子じゃないといけない……とかあるんですか？」

わたしの質問に、プロフェッサーは無表情で首を横に振る。

「いや、そんなことはない」

「では……帽子は自分で持ってきてもらう。ということにした方がいいのではないでしょうか？被り慣れた帽子を持っている人もいるでしょうし。それで、相手が用意してくれた物に装備する……とかの方が多くの人にとって為になるかと……」

あんな道化師みたいな帽子を被ることを強制される冒険者など見たくない。

ギルドで見た人達全員があの帽子を被るとか……ちょっと想像したくない部分もある。仮装パーティーではないのだから。

ただ、結界魔法の魔道具自体はいいものだと思うので、ぜひとも広まってもらいたい。

それで考えたのがさっきの案だ。

「なるほど……そういう考え方もあるか。外側まで全てこちらで作ってこそ……と思っていたが、なるほど、そうしてみよう」

「はい！」

よかった、笑顔で迎えてくれたギルドの人達の顔が曇《くも》ることにならなくて。あの帽子だったら、少なくともわたしの顔は曇っていただろう。

「それではまたな」

「プロフェッサー。お世話になりました」

クロノさんとリオンさんがそう言うので、わたしも同様に頭を下げて、店から出る。

そんなわたしの背中に、プロフェッサーが声をかけてくる。

「サクヤ。お前この店で――」

「プロフェッサー」

「なんだクロノ」

「その話はまた今度だと話しただろう？」

「……ふん。ではな」

プロフェッサーはそう言って一人で店の中に戻っていく。

一体、二人の間で何があったんだろうか？

わたしが首を傾げていると、ウィンが念話を送ってくる。

『好かれているのだな。サクヤは』

『ウィン……どうして？』

『そのうち分かる』

ウィンはそれっきり黙ったので、わたしはウィンの上に乗って、ヴァイスと遊びながら宿に戻るのだった。

◇◆◇◆◇

私はプロフェッサー。

それ以外の名は捨てた。忌々しいあの家の名も、その家で呼ばれた名も、どちらも私には要らない。

だが、そんなことはいい。一体なんなのだ、あのかわいらしい小娘は。

私は頭に浮かんだ考えを振り払い、結界魔法の魔道具の微調整に取りかかることにした。

けれど流石に、三日徹夜をした後だとこれ以上はきつい。

一度眠った方がいいだろう。

「だが……改善点はメモっておくか」

私は今日の実験で分かった改善点を書き、最後にサクヤが言っていたことをメモって横になる。

「ふぅ……まさかあんなかわいらしい子供が結界魔法とは……しかもあの硬さ、ただの結界魔法ではないのだろうな」

そう呟きつつ、彼女のことについて考える。

「なんの魔法が使えるかは、この際いいか。しかし、『あいつは見守らなければならない』とは、クロノ達もたまにはまともなことを言う」

私は先日、クロノから『世界を救うかもしれない子供を見つけた。見守らないといけない』という内容の手紙を貰っていた。

それが届いた時は、魔物と戦いすぎてついに頭がおかしくなったかと思ったが、あながち間違ったことを言っている訳でもなさそうだった。

尋常《じんじょう》ではない雰囲気を放つ狼の従魔を連れ、虎の赤子らしき従魔も明らかにサクヤの指示を聞いていた。人ですら生まれたばかりの時は指示なんて聞かないにもかかわらずだ。

しかもサクヤは、私のため……いや、街の者達のために魔法を打ち明けてくれた。

クロノから事前に聞いていた話では、魔法は使えるがなんの魔法かは分からないとのことだった。

そうやって自分の力を隠すのは正しいことだし、実際にサクヤが使っていた結界の魔法などは、使えることが分かれば大きな騒ぎになりかねない。特にここの領主は、力ずくでも手に入れようとするだろう。

だというのに、サクヤは自分の魔法を教えてくれたし、そしてその魔法を使った魔道具を作れるようにしてくれた。

――サクヤは人のためなら動ける子だ。しかもそれだけの力もある。

だからこそ、大人が守ってやらねばいけないこともある。

今回の魔道具も、使える場所を限定しなければならないだろう。そうしなければ、戦争の道具にされかねない。

彼女自身の扱いもそうだ。

サクヤはあれだけの結界魔法を使ってもなお、疲れた様子はなかった。

ただでさえ結界魔法は魔力の消費量が多く、並の魔法使いならば、結界を硬くするために魔力を絞り出し、疲労困憊《ひろうこんぱい》になる。しかし彼女は、結界を硬くしない……つまり魔力を込めないようにしていたのに、あれほどの硬さの結界を生み出した。魔力のコントロールが上手くないというのもあるだろうが、そもそもの魔力量が桁違いに多いようだ。

そんな彼女が本気を出せば、軍隊全員が持てるくらいの数の魔道具を作れてしまうだろう。

だが、私は戦争のために魔道具を作っているのではないし、彼女にそんなことをやらせるつもりもない。

彼女の力が悪用される可能性があることについて、わざわざ知らせる必要はないだろう。いずれ知るかもしれないが……今はそれらの悪意から守ってやるのが大人である私達の役目だ。

だからクロノ達も、片時も彼女から離れるようなことはなかった。それだけ、大事に思っているのだろう。

「ふぅ……寝なければならんのに……こうやって考えてしまう」

それもこれも横になれたから……というのは言い訳か。

いつもだったら、イスに腰かけてそこで寝ていたが、サクヤが掃除をしてくれたお陰でベッドが出てきた。

助手は王都での仕事があって一か月は戻ってこないので、ここ最近はそういった整理整頓《せいりせいとん》は全くやっていなかった。

しかしそれをサクヤがやってくれたから、休めているのかもしれない。

「子供は嫌いだが……あいつだけは特別かもな……」

そもそもクロノ達からは、この国の技術を色々と教えてやってほしいと言われて、義理での顔合わせだけのつもりだった。

私としては、子供に教育をしている暇があるのであれば、魔道具の研究をしなければならないからだ。

だが、サクヤと接するうちに、彼女は魔道具技術を学ばなければいけないと思い直した。

かといって事あるごとに通ってくるのでは面倒だろうと、私の店で働かないかと誘いたかったのだが……昨晩クロノ達に話した際、止められてしまった。

決めるのは彼女だから……と。

仕方ないからそれに同意したが、この先どうなるやら。

彼女を欲しがる者はいくらでも現れるだろうが、その者がいい奴かどうかは……まぁ、クロノ達が判断するだろう。

そういえば、自分の目にも動じなかったな……と思い、苦笑してから体を休めるようにして目を閉じる。

私は眠りについた。

サクヤと一緒に働けたら、とても明るく、楽しいかもしれないと……夢想しながら。

◇◆◇◆◇

プロフェッサーの魔道具屋から帰ってきたわたし達は、宿でのんびりしていた。

森に行って、色々なことがあって疲れたからだ。

わたしがヴァイスとじゃれ合っていると、ドアがノックされた。

「はい」

「リオンです。一階でご飯を買ってこようと思っているんだけど、サクヤちゃんも一緒に行く？」

「行きます！」

この宿は、従魔も部屋に入れていいという素敵な宿なのだが、一階にある食堂は宿泊客以外も使えて、それなりにお客さんも多い。

そのため、ウィンやヴァイスも連れて食堂に行くとゆっくりできないので、いつもこうしてリオンさんかクロノさんと一緒に、一階で買ったものを部屋で食べるようにしているのだ。

わたしはウィンの上から飛び降り、急いでドアを開ける。

そこにはリオンさんが待っていて、わたしが出やすいようにスペースを開けてくれた。

「それじゃあ行こうか」

「はい！」

わたしがドアを閉めようとすると、ウィンが止める。

「待て、俺も行こう」

「ウビャウ！」

ウィンとヴァイスが当然とばかりにのそりと立ち上がる。

でも、リオンさんがそれを止める。

「ウィン様。少し前から思っていたのですが、言ってもよろしいでしょうか？」

「なんだ？」

「サクヤちゃんにくっつきすぎではありませんか？」

「俺はサクヤの従魔だ。一緒にいて何がおかしい」

「おかしくはありません。ですが、サクヤちゃんのことを考えたら、ずっと一緒にいるのはよくないのでは？」

「……」

ウィンはショックを受けたような顔で、じっとわたしを見てくる。

わたしはリオンさんの方を向いて聞く。

「あ、あの。よくない……っていうのは、どういうことでしょう？」

リオンさんはわたしの質問に、ウィンの方を向いて話す。

「サクヤちゃんはこれから大きくなって、色んなことを学ぶでしょう。だけど、ずっとウィン様が側にいる。そんな状況に頼りきりになってしまっては、サクヤちゃんのためにならないのではないかと思うのです」

「わたしのため……」

「だからウィン様はサクヤちゃん離れをした方がいいじゃないのかと思った次第です」

わたし離れ？　え？　どういうこと？

リオンさんは丁寧に説明してくれた。

「ウィン様にとってサクヤちゃんが大切なのは分かりますが、だからといって過保護にしすぎです。森など危険な場所なら分かりますが、宿の中くらいは好きにさせるべきです。僕も守りますからね」

「むぅ……」

「という訳で、行こう、サクヤちゃん」

「わ、分かりました」

まぁ……確かにわたしは、ウィンと出会ってから本当にずっと一緒にいる。

少しは離れた方が……いいのだろうか？　そう思って歩き始めると、ヴァイスは関係ないとばかりについてくる。

「え？　ヴァイスはいいの？」

あの話の流れだと、ヴァイスも待っているものと思っていたけれど……。

「ヴァイス様はまだ親の側……と言っていいのか分からないけど、サクヤちゃんから離れるべきではないかな」

「ウビャウ！」

リオンさんもヴァイスもそう言うのなら……そうなんだろうか。

「ウィン。すぐに帰ってくるから、少し待っていてね」

「……ああ。分かった」

ウィンが露骨《ろこつ》に耳をしょんぼりさせ、尻尾《しっぽ》も力なくだらりと下がる。

「リオンさん。すぐに戻ってきましょう！」

「う、うん」

そんなわたしの言葉に、ドアを閉じる寸前、ウィンの耳と尻尾が少し上がっていた。

わたし達は一緒に宿の階段を下りていく。けれど、五歳の体に階段移動は結構きつかった。

下りるだけ……と思っていたんだけれど、ウィンに乗っていただけの体には、下りる時の衝撃が意外ときつい。

「サクヤちゃん。大丈夫？　僕が抱えようか？」

「ウビャゥ？」

リオンさんは心配してくれるし、ヴァイスに至っては乗る？　と言わんばかりの表情だ。

「だ、大丈夫です」

流石にそこまでしてもらうのはよくない。

っていうか、これだけ若いうちからやってもらうなんてお願いできない。

……いつも乗せてくれるウィンには感謝しかないな。

何かお礼とかできないだろうか？

一階まで下りたところで、食事を選び席で待つ。

そんな中、さっき思いついたことを相談できないかと思ったのだが……。

いつも忙しそうにしている彼に、わたしのことで相談してもいいのか。ちゃんと自分で考えた方がいいんじゃないだろうかと思う。

一人で悩んでいると、リオンさんが口を開く。

「サクヤちゃん。どうしたの？」

私は申し訳なく思いつつも、思い切って聞いてみることにした。

「あの、リオンさん。面倒だったら……その……断っていただいていいのですが、少しいいですか？」

「どうしたのサクヤちゃん。なんでも言って」

「いえ……忙しいリオンさんに申し訳ないですし、本当に断っていただいていいので……」

「待ってサクヤちゃん？　そんなかしこまるような内容なの？」

「実は……」

わたしは、さっき思ったことを話す。

「――つまり、ずっとウィン様に乗っていたから、そのお礼がしたい……と？」

「はい……でも、ウィンとずっと一緒にいるけど、特にこれが欲しいとか……そんなことは全然言わないので、何がいいか分からなくて……。相談に乗ってもらえないでしょうか」

わたしは断られないか少し不安になる。

こんなことで相談なんてしないで……と言われたらどうしようか。

でも、リオンさんは優しく笑って答えてくれた。

「サクヤちゃん。そんな不安そうな顔をしないで？　僕も兄さんもサクヤちゃんの力になりたいって思っているから、もっと気軽に頼ってくれていいんだよ」

「あ、ありがとうございます」

リオンさんが笑顔で話し始める。

「サクヤちゃん。それじゃあウィン様に何をしたらいいのか、この三人で話し合わない？」

「リ、リオンさん？」

「三人でですか？」

「ウビャァ？」

ヴァイスは自分も？　という顔をしているけれど、結構楽しみではあるのか、尻尾が揺れている。

「そ、僕だけが考えるよりも、三人で話した方が色んな案が出ると思うんだ」

「なるほど、分かりました」

三人寄れば文殊《もんじゅ》の知恵と、昔の人はよく言ったものだ。

「リオンさん。ウィンが……というか、聖獣が好みそうなものを知りませんか？」

「うーん。ごめんね。本で読んだりしているけど、聖獣が何か特定の物を欲しがるっていうのは知らないんだよねぇ」

「やっぱりですか……」

「うん。過去に色々と聖獣に贈り物をしてとどまってもらおうとした例はたくさんあるんだけどね」

「なるほど」

「というか、それなら同じ聖獣であるヴァイス様はどうなの？」

リオンさんがそう言ってヴァイスを見るので、わたしが聞いてみる。

「ヴァイスは何か知ってる？」

「ウ……ウビャァウ」

ヴァイスはゆっくりと首を右に曲げて、そのままコテンと転がる。

可愛いけど、思いついてはいないらしい。

「そうかぁ……何がいいのかなぁ……」

「例えばなんだけど、普通馬に乗る時は鞍《くら》とかつけるよね？　そういうのはどうなの？　ウィン様も乗せやすくなったりしない？」

「鞍ですか……」

わたしは想像してみる。

ウィンに鞍をつけて、そこにわたしが跨《また が》る。颯爽《さっ そう》と駆けていくのはとてもよさそうだ。

でも……。

「それはダメなんです」

「理由を聞いてもいいかな？」

「わたしがウィンのモフモフに埋まりたいんです」

「そっかぁ……それならダメだね」

「はい」

それだけは譲れない。ウィンのモフモフに全身で包まれるから最高なのだ。

「ウビャウ！」

「ヴァイス？」

「ウビャビャ！」

ヴァイスはジェスチャーで何かをわたし達に教えようとしてくれる。

何かかじっているような……。

「食べ物をあげたらいいんじゃないかってこと？」

「ウビャ！」

ヴァイスはそうだとでも言うように頷く。

「でも、やっぱりそれも好みが分からないからなぁ」

「ウビャア……」

ヴァイスはしょんぼりする。

「あ、待って。わたしも美味しい食べ物持ってこられたら嬉しいから、だからそんな落ち込まないで」

というようにヴァイスを慰め、他のことを考える。

「ウィンってアクセサリーとか好きかな？」

「聖獣様が着けている……という話は聞いたことがないけれど……」

「うーん。ダメか……」

「サクヤちゃんとお揃いならいいとかあるんじゃない？」

「お揃い……」

それはそれでどうなんだ？　一緒のネックレスをつけて……とか？　うーん。

「わたしとウィンだけならいいかもですけど、ヴァイスを仲間外れにはしたくありません。それにヴァイスはまだ小さいから、大きくなった時に着けられなくなるようなものは避けたいですね」

「それを言ったらサクヤちゃんも成長するだろうから、やめた方がいいか」

「え？　……あ！　はい。そうですね。その通りです」

そうだ、わたしは今五歳だった。自分の体が成長することを忘れてたよ。

目線が低いのも、慣れたら慣れたでこれが普通だと思ってしまう。

「ウビャビャ！」

今度はヴァイスが激しく体を動かす。

でも、何か規則性があるようには見えないし、一体何をしているのだろうか？

分からずにじっと見ていると、もしかして……と気付いた。

「感謝の踊《おど》り……とか？」

「ウビャゥ！」

それだ！　と言わんばかりに表情が明るくなるヴァイス。

いや、感謝の踊りって何!?

っていうか、どこでヴァイスは知ったの？

「あ、これは……他の冒険者が踊っていた踊りかも」

「そんなことありましたっけ？」

「僕達がこの街に着いた時の戦闘の後かな？　その時に見たんじゃないかな」

「なるほど……」

そんなことあったっけ。

「でも、わたしは踊れません」

「うーん。どうしようか……」

「何をどうするんだ？」

そんな声が聞こえてきた方を見ると、そこにはクロノさんが不思議そうな顔で立っていた。

「実は……」

わたしが相談内容を説明すると、クロノさんは高らかに笑って言う。

「サクヤ！　こういう時は本人に聞けばいいんだ！」

「それができたらこういう話になっていないんだよ！　兄さん！」

「む。そうなのか？　だが本人に聞くのが一番手っ取り早いではないか」

「そうだけど……」

「だから聞きに行くぞ！　料理もちょうどできたようだしな！」

いつの間にかわたし達の後ろには、料理を載《の》せたお盆《ぼん》を持った店員さんが立っていた。

ということで、わたし達は受け取った料理をマジックバッグに詰めて、部屋に戻る。

そして料理を出して並べながら、ウィンに聞く。

「ウィン、何か欲しいものってある？」

「俺の欲しいもの？　別にないぞ。というかケガはしていないな？　変なことは言われなかったか？　サクヤに舐めた口を利く奴がいる国は滅ぼすからな？」

「そっか……でも滅ぼすのはやめてね。言われてもないから」

自分のことなどどうでもいいようで、わたしが何かされてないかをめちゃくちゃ気にしてくる。

なら、いつも乗せてもらっているお礼はどうしたらいいのだろうか。

そんなことを考えていると、ウィンは優しく鼻でツンと頬をつつく。

「ウィン？」

「サクヤ、俺からの願いが一つできたぞ」

「何？」

「そんな悲しそうな顔をするな。いつも笑顔でいてくれ」

「ウィン……」

「それが俺の望みだ」

ウィンはそう言って優しく笑う。

どうやら考えすぎて心配をかけてしまっていたようだ。

「ありがとう。ウィン」

わたしは、できる限りの力でウィンを抱き締めた。

第6話

翌日。

部屋で朝食を三人で食べ終えたところで、ドアがノックされる。

「クロノだ。今いいか？」

「開けますねー」

わたしはそう言ってドアを開けて、クロノさんと、その後ろにいたリオンさんにあいさつをする。

「おはようございます。クロノさん、リオンさん」

「おはよう。サクヤ、ウィン様、ヴァイス様」

「おはようございます。サクヤちゃん、ウィン様、ヴァイス様」

「それで、どうされたんですか？」

確か、今日は特に用事はなかったと思うけど……。

「もう一人会ってほしい人がいるんだが……ダメだろうか？」

「問題ないですけど、突然ですね？」

「すまない。いつもどこかに出掛けている人なんだ。それで、そのうち会えるだろうと思っていたんだが、逆に今日しか空いてないらしくてな」

クロノさんはそう言って申し訳なさそうにする。

でも、そういう事情なら仕方ない。

わたしだって、今日は街をのんびりと回ってみたいなと思っていた程度だ。

人に会うくらいはいいだろう。

「分かりました。ウィンとヴァイスもいい？」

わたしが振り返って見ると、どっちも頷いてくれる。

「おお、感謝する。それでは早速行こう」

「はい」

わたしはヴァイスを抱えてウィンの背中に乗せてもらい、クロノさん達の後をついていく。

宿を出てのんびりと歩いていると、青果店のおじさんがわたし達を見て声をかける。

「おはようクロノ、リオン。後ろにはかわいい子がついてるな。隠し子かい？」

「おっちゃん。違うよ。森で保護したんだ」

「あの森で？」

目を真ん丸にするおじさん。

「そうなんだよ。従魔が守ってくれていたらしくてな」

「そりゃ、無事でよかった。嬢ちゃん、これ持っていきな」

おじさんはそう言って、青リンゴに似た果物をくれる。

「あ、ありがとうございます」

「いいってことよ。クロノ達も、いつも助かってるぜ」

おじさんは同じ物をクロノさん達に渡す。

「ありがとう。おれ達は仕事をしているに過ぎないさ」

「ありがとうございます」

「それでもだ。ここでは助け合っていかないといけないからな。気を付けていけよー」

そう言っておじさんはわたし達を見送ってくれた。

城壁が直って、街全体の雰囲気がよくなっているのかもしれない。

「いつもくれて感謝だな」

「だね」

どうやらクロノさんは街の人と仲がいいらしい。

先日街を案内してもらった時もそうだったけれど、結構な頻度《ひんど》で声をかけられているのだ。

彼らが守りたいものがここにあるのかもしれない。

わたし達はのんびりと進み、街の城壁近くの小さな家に到着した。

「ここにその会わせたい人がいるんだ」

クロノさんはそう言って小さな扉をノックした。

「入っていいよ」

扉の向こうからは、すぐに声が返ってくる。

「失礼します」

そう言ってクロノさんが入るので、わたし達も後に続く。

家に入るとそこはリビングで、ウィンを含めても全員がいられるような広さだった。

そして部屋の奥から、白衣を着た男性が出てくる。

彼の髪は天然パーマなのかクルクルで、黒に近い濃い緑色をしていた。黒ぶちのメガネの奥には理知的な瞳があり、そして、なんと……耳が尖《とが》っていたのだ。

この人は……エルフだろうか？

そう聞きたくなったけれど、彼の瞳はわたしではなくウィンの方に固定されていた。

彼はそのまま歩いてウィンの前に跪《ひざまず》き、問うてくる。

「あなた様はフェンリル様でしょうか？」

「!?」

わたしが驚く一方で、ウィンは驚いた様子もなくじっと見つめ返すだけだ。

口を開くこともない。

「せ、先生！　いきなり何を……」

「クロノ……彼はフェンリル様だろう？　ぼくの記憶が間違っていなければだけど」

先生と呼ばれた彼はそっと立ち上がり、クロノさんの方を向く。

「おれ達が先生にお願いしたいことがあるのは、その上にいるサクヤの方です」

「ああ、ぼくの知識を教えてあげてほしいっていう……ね」

先生と呼ばれた人はわたしに視線を送ってきて、観察するように見てくる。

なんだろう。この人も名前を名乗らないし、何か隠しているのだろうか？

かといって鑑定……する？　一応わたしから名乗ってみよう。

「初めまして、わたしはサクヤと言います」

「ほう……かわいい子じゃないか。ぼくはエルガンテ。ちょっと無骨な名前だから、単純に先生と呼んでくれると嬉しいな」

「分かりました。先生」

エルガンテ……確かに強そうな名前だ。でも、目の前にいる先生はとても優しそうで、戦いを好

みそうな気配は全然ない。

ただ……。

「それで、どうしてこの子はフェンリル様の上に乗っているんだい？」

ウィンを見る目に、なんというか熱がこもっている。

「あー、その……」

「なんだ。はっきり言っても驚かないよ？　フェンリル様が彼女を助けてくれたのか？」

「えっと……」

クロノさん達が返答に困っていると、突然ウィンが口を開く。

「俺がサクヤに助けられて従魔になったのだ。間違えるな」

「え……従魔……」

先生はウィンが喋ったことではなく、そっちの方に食いついている。

「そうだ。サクヤが俺を助けてくれたから、俺はこうして今自由にしていられるのだ」

「ちょ、ちょっとウィン……」

わたしが声をあげると、ウィンは念話で答えてくる。

『こいつは俺のことをフェンリルだと確信しているようだ。なら隠さなくてもいい。それに、サクヤの素晴らしさを知らしめるいい機会だ』

そんな機会は別にいらないのだけれど……。

わたしの思いとは裏腹に、先生はウィンに輝く目を向けてくる。

「やはりあなたはフェンリル様でしたか！　そして勘違いしていたこと、失礼しました」

「よい。だが、なぜ俺がフェンリルだと分かった？」

「ぼくは全ての魔物や聖獣を知っているのですよ」

「ほう。全て？」

ウィンが目を細める。

「もちろん、図鑑や口伝《くでん》で確認できるものに限って……ですが。あ、特異個体も判明している種も含めてね。そこにフェンリル様の姿も載っていました。でも、三百年前を境に隠れてしまわれたと書いてあったのですが……」

そう言っている先生は中々すごいのではないだろうか。

ウィンは感心したように頷く。

「それについては、世界を支配しようとする者達に捕《と》らえられていたのだ。それをサクヤに救ってもらったという訳だな」

「なんと……」

「嘘……」

「フェンリル様になんてことを……」

その辺りの事情を知らないクロノさんとリオンさんも、先生と一緒に驚いている。

ウィンが話を戻してくれる。

「それで、サクヤには何を教えるつもりだ？　ふざけたことを教えようものなら、この街ごとなくなると思え？」

「ダメだよウィン」

わたしはそう言って止めるけれど、ウィンは結構マジな目をしていた。

先生はそんなウィンの目に怖気付くことなく、笑顔で答える。

「もちろんです。ぼくはサクヤ……君でいいですか？　彼女にこの世界の国の成り立ちや歴史について教えてあげてほしいと、クロノ達から頼まれているんです」

「歴史のことを……なぜだ？」

視線を送られたクロノさんは答える。

「おれは……この国が建国以来、いい方向に進んでいると信じています。だから、エルフとして長く生き、この国を内外から見聞きしてきた先生から、サクヤに教えてほしいんです。どのような歴史を歩んできたのかを。この国を……知ってほしいのです」

そんな言葉に、ウィンは軽く鼻を鳴らす。

「別に教えられなくてもサクヤは自分で知るだろう」

「だとしても、おれ達が教えられることは全て教えたいと思っています」

「……ふん。好きにしろ」

ウィンはそう言って、それ以上何かを言う気はなくなったらしく、目を伏せた。

ということで、これからなぜか歴史の勉強が始まることになった。

……と思ったところに来客があった。

扉がドンドンと叩かれた後に、いきなり開かれる。

家に飛び込んできた人は、こちらの状況など構わず叫んだ。

「先生！　大変だ！　この街に魔物が入り込んでいるらしい！」

「それは本当か!?」

「はい！　先ほど誰かが魔物らしき何かとぶつかったって……しかも、実際に物が壊されたらしいんだ！」

「すぐに行く！　サクヤ君。悪いね。これからやらなければならないことができた。この街のためにも、できる限り速やかに解決しないといけない」

そう言って先生はすぐに外に向かう。

この前城壁が壊れた時に入り込んでいたのだろうか？

でも、何も入らないようにしていたって聞いたけど……その対処の前に入り込んでたってことかな。

いや、考えてもしょうがない。

わたしは頭を横に振って、先生に声をかけた。

「わたしも行ってもいいですか？」

「……危険かもしれないよ？」

「でも……この街にいる限り、危険なことに変わりはありませんよね？」

「そうだろうね。それなら一緒にいた方がいいか。分かった。ついてくるといい」

「はい」

わたしは頷いて、ウィンに先生の後を追ってもらった。

クロノさん達も一緒についてくるようだった。

街中を移動しながら、ウィンが念話で話しかけてくる。

『よかったのか？』

『うん。それに、この街のため……っていう言葉もちょっと気になったんだ』

『何かあると？』

『分かんない。でも、困っているなら少しでも力になれないかなって』

『優しいな。サクヤ』

『わたしも住んでいるんだから当然だよ』

そんなことを話している間に、報告しに来てくれた人が先生に向かって説明する。

「まず、見えない何かが動いたって言う人が現れ始めたんだ。最初は気のせい……って思っていたんだが、さっき青果店の木箱に穴が二つも開けられていた」

「穴が二つ……」

「ああ、それも人がやったようには見えない。先生は魔物に詳しいだろう？　だから調べてほしいと思って」

「任せてくれ。ぼくの手にかかればすぐに見つかる」

そうして、わたし達は先ほど通ったばかりの道を戻り、果物をくれたおじさんの所に戻ってきた。

どうやら穴を開けられたというのは、この人のお店だったらしい。

「あ、先生。クロノ達にさっきの嬢ちゃん達も」

「やあ、どうも。さて、魔物が出たそうですね？　詳しい話を聞いても？」

「もちろんです。それが……」

おじさんはあったことを話してくれたけれど、さっきの報告以外の情報はなかった。

追加として、黄色い何かとぶつかった……ということくらいだ。

その話を聞き終わり、これからどうするかという時に、リオンさんが申し訳なさそうに口を開いた。

「僕はいったん、ここで失礼しますね。冒険者ギルドに情報が届いていないか調べてきます。外に行くのならサクヤちゃんの護衛につかないとって思っていましたけど、街の中なら兄さんがいれば問題ないと思いますから」

「任せろ、リオン」

「では失礼します」

そう言ってリオンさんは去っていった。

わたし達はリオンさんを見送った後、これからのことについて話す。

最初に口を開いたのは先生だ。

「まずは街で情報を集めよう。色んな人に聞いて回って、足でやるべきだよ」

「分かりました」

「分かった」

それからわたし達は先生の言う通りに街の中を歩き回り、色々な人に話を聞いていく。

「そうねぇ。特に何かいたようには感じなかったけど……」

「こっちも平和な街そのものだったよ」

「何か気になること？　最近疲れやすくてねぇ。いい整体師を知らないかい？」

などなど、全然情報が集まらない。

しかしそんな中でも、クロノさんや先生の人徳がいかに高いかというのが伝わってきた。というのも、少し歩く度《たび》に話しかけられるのだ。

「お、クロノじゃん。お疲れ」

「ああ、お疲れ。仕事は無事にすんだか？」

「ああ、城壁はあそこだけ強化されているからな。安心してくれ」

「代わりに他が壊れないことを祈ってるよ」

「違いない」

そんな風に歩きながら軽口を叩いたり――

「先生！　やっと会えた！　この前はうちの従魔をありがとうございました」

「いえいえ、元気になってよかったです」

「それもこれも先生のお陰ですよ」

「ぼくは大したことはしていませんよ」

「またまた……あれ？　そのかわいらしい子は？」

何かあったのだろう、お礼を言われたりしていた。

二人はそのついでとばかりに色々と聞き込みをして、情報を集めている。

でも、三十人以上に聞いたけれど、手がかりになるような情報はなかった。

「うーむ。何も情報がないなんてことがあるのか？　誰もまともに姿すら見てないなんて」

ここでわたしは疑問に思ったことがあった。

「あの、それなら、どうしてあの穴を開けたのが魔物だって分かったんですか？」

「彼らが魔物が開けたと言ったからだよ。あんな穴を開ける理由が人間にはないからじゃないかな？」

「でも、嫌がらせ……ということもあるのでは？」

「だとしても日中にやる訳はないと思うよ。黄色い何かを見たって言っていたし」

「でも、彼ら以外誰も見ていないっていうのはおかしいのでは？　というか、消えたみたいじゃないですか？」

ここに来るまで本当に色々な人から聞いたけれど、誰も見たことがないなんて。それはまるでお化けのような……。

「……なるほど。だとしたら……そうか！」

先生は何か分かったらしい。ぱっと明るい表情になる。

「魔物の正体が分かったぞ！」

「早くないですか⁉」

二時間くらい歩き回って聞き込みしただけで分かってしまったらしい。

早すぎてちょっと驚いてしまった。

正直、魔物じゃなくてお化けかなとか思っていたので、そうじゃないと分かって安心したのもあるけど。

「それで、今回の魔物というのはなんなんですか？」

「エアホーンラビットの特異体だろう」

「エアホーンラビット……特異体？」

エアホーンラビットの方はなんとなく聞き覚えがあるけれど、特異体……ってなんだろう。

そういえばさっきもそんな話をしていた気がするけど、詳しく聞く暇がなかった。

私が不思議そうにしているのに気付いたのか、先生は詳しく教えてくれた。

「エアホーンラビットは、ダンケルの森にいる魔物だ。姿を消すことができるんだが、基本的には臆病《おくびょう》で、戦うことはしない。しかしどうしても……という時にだけその立派な一本角で攻撃してくる」

「一本角？　でも穴は二つあったんじゃないのですか？」

「だからこそ、特異体じゃないかと思ってるんだよ」

流石は先生、わたしが知りたいことをちゃんと教えてくれるいい先生だ。

「その特異体っていうのは？」

「特異体とは、普通の魔物とは違った形態をした魔物のことだ。今回で言うのであれば、角が二本になっているに違いない」

「では、どうしてエアホーンラビットの特異体だと分かったんですか？」

「簡単だよ。エアホーンラビットは姿を消せる。だから、他の誰も見たことがなかったんだ。それに、言っていただろう？　ぶつかった……と」

「はい」

「そうでもなければ気付かれないだろうからね」

「なるほど……」

見えない魔物か。それで今まで目撃情報がなかったということなのだろう。

「まぁ、積極的に人を襲う魔物ではないんだが……」

「なら、別に問題はない……ということですか？」

「いや、それはダメだ。あくまでも積極的に襲わないというだけだし、何かあってからでは遅い。臆病と言っても木箱に穴を開けられるくらいの力は持っているからね」

先生の言葉に、わたしは青果店の穴を思い出す。

結構頑丈そうな木箱に、直径二センチくらいの大きな穴が二つ開いていて、あれが人に向かってきたら確かに命の危機だろう。

「じゃあ……退治しないといけないんですか」

「それは……魔物を見てから……かな。ぼくが預かることもできるからね」

「預かる？」

「そ、とりあえず探そう。相手は見えないけれど、さっき言った通り基本的には臆病だ。人気《ひとけ》のない所を探していけば見つかるはずさ」

そう言って先生が歩き出すと、ウィンが念話で話しかけてくる。

『サクヤ』

『どうしたの？　ウィン』

『そのエアホーンラビットの特異体とやらを見つけたぞ』

「はや！」

「「？」」

わたしがウィンの言葉に驚いて叫ぶと、クロノさんと先生が振り返ってくる。

やばい！

なんて言って誤魔化そう。……いや、別に誤魔化さなくてもいいんじゃないのか？　でも誰が聞いているか分からないから、ちょっとだけ誤魔化そう。

「あの……今から行きたいところがあるんですけど、いいですか？」

「こんな時にかい？」

「先生。待ってください。サクヤがこんなことを言ってくるということは……分かったのか？」

先生はどうしたんだと言うような顔をしていたけれど、クロノさんは察してくれたようだ。

流石王子様、頼りになる。隠してるみたいだから言わないけど。

「はい」

わたしはウィンを信じて、そのように言う。

「分かった。では案内してもらえるか？」

「いい？　ウィン」

わたしがウィンにそう言うと、彼は頷いて先頭に立って歩き出した。

ウィンは時折鼻をクンクンさせながら進んでいる。おそらく、臭いで判断することができるのだろう。

そうやって歩いていると、色々な人に声をかけられる。

「立派な従魔だね。大事にしてあげて」

「はい。ありがとうございます」

「とっても凛々しい子ね。名前は？」

「ウィンと言います」

「素敵な名前。気を付けてね」

「ありがとうございます」

「ウチの子はサンテルって言うの。かわいいでしょう？」

「はい。とってもかわいいです」

中には自分の従魔を見せてくれる人もいた。

どうやらこの街が従魔に寛容だというのは、本当らしい。

こうやってわたしだけでなく、ウィンも受け入れてくれるということが嬉しかった。

ヴァイスは未だにウィンのモフモフの中に潜っているけれど、これなら姿を見せても問題なさそうだ。

安心してこの街で過ごすことができるだろう。

声をかけてくれた人もだけれど、ペット感覚で従魔を連れている人が多そうだ。

そんなことを考えながら歩いていると、ウィンはどんどん狭い道に入っていった。

『……ウィン。こっちで大丈夫？　なんか……治安とかも悪そうだけど』

『俺の防御を破れるような奴はいない。安心していい』

『そうは言っても……』

わたし達の他に人は誰もいないので、流石にちょっと怖い。

それから少し進むと、ウィンが行き止まりに突き当たった。

三方向を壁に囲まれているのだが、通路の奥の右下には、二十センチ四方の穴が開いている。

ウィンはそこに視線を向けている。

「ヴァイス」

「……ウビャ？」

「……起きろ。仕事だ」

「ウビャ……ビャ！」

ヴァイスはウィンの言葉で起きて、いつものように伸びをする。

それからウィンの指示を待った。

「前に穴があるだろう？　あの中に魔物がいる。傷つけないように連れてこられるか？」

「ウビャウ！」

ヴァイスは分かった！　と元気に叫んでその穴の中に入っていった。

「え？　大丈夫……だよね？」

「問題ない。あれでも聖獣だ。そこらの魔物に負けたりはせん」

ウィンはそう言うけれど……ヴァイスは中々出てこなかった。

「サクヤ。あの穴の中にエアホーンラビットがいるのか？」

「そのはずです」

わたしはクロノさんにそう答えて、じっと待つ。

だけど、全然出てこない。

やっぱりすぐに迎えに行った方がいいんじゃないのか。でも、この小さな穴にどうやって入ろうか。いっそ魔法で壁を壊して、わたしが入れるサイズまで拡げようか。

そんな思考が頭を巡る。

わたしが一人考えていると、ヴァイスが何かを咥えて出てきた。

「ヴァイス！」

わたしは心配の気持ちが安心感に変わり、急いでヴァイスの元に向かう。

そして、抱き締めようとしたところで……ヴァイスの口の辺りの空間に、透明な何かがあることに気付いた。

「……ん？　これ……何？」

一瞬考えたところで、その透明なものが何か分かった。

「もしかして……ここにいるのがエアホーンラビット？」

「ウビャゥ！」

そうだよ！　と自信満々にヴァイスが頷いた。

だとしたら、抱き締めたらまずいかな。流石にあぶな……っ!?

わたしはいきなり後ろに引っ張られて驚く。

誰がそんなことを……と思ったら、クロノさんだった。

「サクヤ！　危ないことしたらいけないだろう！　万が一があったらどうするんだ！」

「ご、ごめんなさい」

「心配させないでくれ。サクヤに何かあったら……おれは悲しいんだからな？」

「はい……」

そんな風に言われてしまうと、自分の迂闊《うかつ》さを反省するしかない。

「先生。ここはお願いしてもいいでしょうか？」

「ああ。任せてもらおう」

クロノさんの言葉で、先生がヴァイスの方に近付く。

するとその瞬間、大きな鳴き声が響き渡った。

「キュイー！　キュイー！」

あれ、ヴァイスってそんな鳴き声だったっけ？

でもヴァイスの方から聞こえるし……ってことは、エアホーンラビットの鳴き声なのかな。めちゃくちゃ慌てているように聞こえる。

先生も、近付くのを止めていた。

「これは……ぼくは歓迎されていない感じだろうか」

「そうみたいですね」

先生とクロノさんは、どうしようかとこちらに下がってくる。

すると、エアホーンラビットの鳴き声がおさまった。

「……」

クロノさんに抱えられていたままのわたしに、ヴァイスが何かを訴えかけるような視線を送ってくる。

「クロノさん。降ろしてもらっていいですか？」

「あ、ああ。すまなかった」

「いえ、ありがとうございます」

わたしは降ろしてもらって、ヴァイスに問いかける。

「ヴァイス。わたしなら近付いてもいい？」

ヴァイスは頷く。

「ということでクロノさん。わたしが近付いてみますね」

「しかし」

「さっきすごく近付いたと思うんですけど、エアホーンラビットは鳴かなかったですよね？　なら、わたしなら大丈夫なんじゃないのかな……と」

ヴァイスが早く来い、と言いたげな視線を送ってくる。

なので、わたしが行くのが正解だと思う。

それに、さっきクロノさんは危ないと言って引き戻してくれたけれど、ウィンは特に警戒しているようには見えなかった。ならば、きっと大丈夫な気がするのだ。

「……分かった。サクヤにばかり頼ってすまない」

「わたしも助けてもらっていますから」

わたしはそう言って、ヴァイスにゆっくりと近付いていく。

そして、そのままヴァイスの前にしゃがみ込み、そっと両手を伸ばす。

すると、ヴァイスは咥えている何かを、わたしの手の上に降ろした。

見えないけれど、重たくてモフモフした何かが載っていることが分かる。

通じるだろうかと思いながら、わたしはささやきかけた。

「ねぇ。透明にならずに、姿を見せてくれない？」

「……キュイ」

少しの間の後、エアホーンラビットはその姿を見せてくれた。

目撃情報の通り体の毛は薄い黄色で、瞳は真っ赤、大きさは普通のウサギと同じくらいだ。

唯一絶対に違う部分は、その額から生えた白い螺旋《らせん》状の角だろう。二本の角の長さはそれぞれ十センチくらいで、それで突かれたら確かに大ケガをしそうだ。

だけど、エアホーンラビットはそんなことをするつもりなどないようで、わたしの手の上でじっと様子を窺っている。

「抱き締めてもいい？」

「……キュイ」

わたしは角が体に当たらないように、そっとエアホーンラビットを抱き締める。

その体は柔らかく、とても弱々しい。何かに怯えているのか、体は震えているようだった。

「大丈夫。わたしは敵じゃないよ……」

そんなことを言って優しく抱き締めていると、後ろから足音が聞こえてきた。

「近付いてもいいかな？」

それは先生の声だった。

質問するような口調だが、歩みを止めるようなことはない。

わたしがエアホーンラビットの様子を確認すると、真っ赤な瞳はじっと先生を見ていたけれど、逃げようと体を動かしたりすることはなかった。

「大丈夫そうですね」

「なるほど、サクヤ君はすごいね。そんな風に魔物と心を通わせられる……ということなのだろうか？」

「それは……どうなんでしょう？」

こうやって手で触れた魔物は、この子が初めてだ。

ジャイアントオーガとかは触りたいとは思わないし、どうなんだろうと思う。

先生はじっとエアホーンラビットと見つめ合っていた。

「ううん。エアホーンラビットの生きた姿なんて初めてだ……。それに、やはり……普通の様子とは違うようだね」

先生は、何かに気付いているのか、そう呟いた。

「そうなんです。この子……震えていて、何かに怯えているみたいなんです」

「ほう。君もそう思うか？」

「やっぱり先生も同じように思いますか？」

先生はエアホーンラビットから視線を外し、わたしを見る。

「ああ、もちろん、ぼくに怯えている……という可能性もあるだろうが、それだけではないような気がするね」

「では……何に怯えているんでしょうか？」

「分からないよ」

先生はそう断言してしまう。

「そうですか……」

「だが、どこに対して怯えているか……はもしかしたら分かるかもしれない」

「どこ……ですか？」

「ああ。ダンケルの森だよ」

「森……」

わたしは森のある方角を見る。

ダンケルの森は広く、その奥はまだ誰も到達していないと言われているほどだ。だから、その奥から何かが来てもおかしくはない。

深刻な雰囲気になりそうだったけれど、先生が話を変えてくれた。

「さて、そんなことはクロノに任せておけばいい」

「ちょ、先生!?」

「それよりも、その子をどうするかだな」

クロノさんは目を真ん丸にしているが、それを無視して先生はエアホーンラビットを見る。

「どうするか……とは？」

「これだけ怯えているんだ。このままにすることはできないだろう？」

「わたしがこの子を従魔に――」

「やめた方がいい」

わたしの言葉を遮って、ウィンが声をあげた。

納得できずに聞く。

「どうして？　この子はこんなにも不安になっているのに」

「その者がどうこうという話ではない。サクヤの力が強すぎるから、従魔にするべきではないのだ」

「わたしの力が……？」

どういうことだろうと、説明を求めるようにウィンを見つめる。

彼は、クロノさん達に聞かれると都合が悪いからか、念話で伝えてくる。

『サクヤの魔力は果てしないほどある。それは自分で分かっているか？』

『……うん。分かってるつもり』

わたしの魔力の値は、『?』という表記ではあったけれど、桁が違う。

『それだけの魔力があるとしたら、だ。普通の魔物を従魔にした際、あまりの魔力量を魔物側が受け入れきれず、はじけ飛んでしまうかもしれないのだ』

「わお……」

思わず声が漏れた。

『そ、それって……本当？』

『嘘を言ってどうする。それとも、本当にはじけ飛ぶか試してみるか？』

『……やめておく』

わたしのわがままでこの子をはじけ飛ばす訳にはいかない。この子には……幸せになってほしいから。

わたしはそう決めると、先生の方に向き直る。

「すいません。なんでもありません。先生の方で何かできないでしょうか？」

「……当然。王都の方に牧場があるから、そっちで面倒をみよう。それでいいかな？」

先生はエアホーンラビットに向かってそう聞くけれど、この子はわたしの側から離れようとしない。

「先生はいい人だよ？　だから……だめ？」

「……」

しかしやはりエアホーンラビットは動かない。

どうしたらいいのだろうか。

この子のことを考えたら、多分……王都の牧場に連れていくのがいいはず。

でも、片道三か月もかかる所に連れていくのはこの子への負担も大きいだろうし、他にいい場所があるんじゃないのだろうか。

「あの、先生。王都ってここから三か月はかかるんですよね」

「そうだね」

「なら、そこではなく、もっと近い場所でこの子が生きられるような場所はないんでしょうか？　そうしたら……わたしはこの子に会いに行くことができると思うんですが」

それならこの子も納得してくれるんじゃないのか。

しかし、先生は首を横に振る。

「ああ、ここから王都までは一瞬で行けるよ」

まさかの言葉に、わたしは目を丸くした。

「え？　でも行くには三か月って……」

「それは馬車を使った場合だろう？　転移陣を使えば一瞬で行けるよ」

「え……ど、どういうことですか？」

転移陣？　何それ、初めて聞いたんだけど。

「クロノ達から聞いていないのかい？　このケンリスの街は、転移陣を使うことで維持しているんだ。一月に一度、ここと王都でお互いの転移陣にいるメンバーや物資を入れ替え、その時にこちらは魔物の素材などを送り、あちらからは戦力や物資が送られてくる」

「そんなことが……」

「だから、次の転移の日にこの子を連れてあちらに行けば問題ないだろう。それに、サクヤ君も心配なら一度王都に来るといい。まあ、戻るのは一か月先になるが……」

そう言って、先生は「どうだ？」と首を傾げる。

そっか、それなら負担も大きくないだろう。

わたしはエアホーンラビットに話しかける。

「それならどう？　とりあえず次の一か月は一緒にいるからさ」

「……（コクリ）」

エアホーンラビットは少し悩んだ様子だったが、頷いてくれた。

「やった！　ありがとう。ちゃんと会いに行くからね！」

「キュイ！」

わたしはエアホーンラビットを抱き締めて、喜びを分かち合う。

王都に行くことになったけれど、少しでも長くこの子と一緒にいられるなら嬉しい。

あ……いけない。

わたし一人で決めてしまった。ウィンに謝らないと。

『ごめん、ウィン。王都に一か月行くことになっちゃったけど……いいかな？』

『問題あるまい。帰りたくなったらいつでも帰ればいいからな』

『え？　帰るって？　一か月に一回しか転移陣は使えないんだよ？』

『む、そうか。知らないのか。神聖魔法を使えるならば、転移魔法も使えるのだ。魔力は食うが、サクヤの魔力なら毎日でも会いに行けるだろうよ』

「……」

一か月は王都にいなければならないのか……という覚悟を決めたのに、その必要がないとすぐに分かってしまった。

なんか……損をした気持ちになる。まぁでも、自由に帰ってこられるならいいか。

わたしが納得していると、先生が口を開く。

「よかった。それなら決まりだな。ぼくは転移陣使用の申請に行ってくる。本当はフェンリル様や……その白い虎の……明らかにただ者ではない雰囲気の魔物？　を調べたいところだけど……」

先生はそう言って、すごく一生懸命《いっしょうけんめい》に二体を見ていた。

「というか、その白い虎って、もしかして白虎……ではないよね？」

「……」

どうしよう。ここは頷くべきかそうでないべきか。

「ビャウ！」

迷っていたらヴァイス自身が嬉しそうに頷いていた。

「やっぱりそうか！　そうなんだな！　そしてサクヤ君の従魔なんだな？」

「ビャウ！」

「素晴らしい！　こうまで意思疎通《いしそつう》ができるなんて……。というか、サクヤ君。君も一体どういうことなんだい？」

突然矛先《ほこさき》を向けられて驚く。

「ど、どういうこと……とは？」

「聖獣と従魔契約なんて信じられないんだ。というか、ありえないんだよ？」

「え？　でも過去にもいるんじゃ……」

「それは長年共に生活していた者が、死の間際に少しだけ従魔にさせてもらった……というだけだ」

「……」

「聖獣は人を助け世界をいい方に導くが、その誇りは果てしなく高い。君のような子供が従魔にできるなんて信じられないんだ」

そ、そうだったんだ。でも、こうして契約してる訳で……。

「た、たまたまじゃないですか」

そう言って濁《にご》すことしかできなかった。

「……まぁ。すぐに答えてほしいとは思っていないよ。というか、そうやって力を隠すのも普通だ。でも、せっかくだ。今日はまだ日が高いが、ぼくの家で色々と語り明かさないか？」

「い、いえ、大丈夫です」

「そうかい？　まぁ……仕方ないか。でも……君はこの子と一緒にいたいんだろう？　ならぼくの家に来ても……」

「キュイ！」

エアホーンラビットは嫌がるように鳴き、わたしの体に身を寄せてくる。

この子が怖がっているなら、今はそっとしておくのがいいと思う。

「あの……今日はわたしがこの子を預かりますので……」

わたしがそう言うと、クロノさんも前に出てくれる。

「先生。おれから頼んでおいてあれだが、サクヤを怖がらせるようなことは……」

「……そうか。とても……とっても君達に興味があるが、嫌われてしまっては元も子もない。転移陣を使えるように手続きをしてくるとしよう」

そう言って先生は、名残惜《なごりお》しそうに踵《きびす》を返す。

「ありがとうございます！」

「気にしないでくれ。ぼくがやりたくてやっているだけだから」

先生はそう言って去っていった。

「……わたし達はどうしましょうか？」

まだ日は高く、宿に戻るような時間でもない。

クロノさんはぽつりと呟く。

「とりあえず……一度宿に戻ってから、昼飯にしないか？」

「そうですね」

こうして、わたし達は宿に戻るのだった。

◇◆◇◆◇

ぼくはエルガンテ・ラッフィナート・アッファシナンテ・ピオニエーレ。

ただのエルフで魔物研究家だ。

「サクヤ君……か。この国の歴史を教えてあげてほしいなんて、いきなり何を言うのかと思ったけど……」

ぼくは街の北側、城下町を城に向かって歩きながら、先ほど別れた少女のことに想いを馳《は》せる。

最初に現れた時、その時からしておかしかった。

聖獣を連れているなんて、出会い頭《がしら》に最上級魔法をぶっ放されるよりも信じられないくらいのことだろう。

ぼくにとって、聖獣様を従魔にしていることとは、それほどにインパクトの強いことだった。

しかも、フェンリル様だけでも信じられないのに、追加で白虎様まで出てくるとは思わなかった。

なんで？　なんでそんな聖獣を連れて平気なのだろうか？

聖獣を従魔にできたら、傲慢《ごうまん》な態度をとってしまってもおかしくないくらいだ。

けれど、彼女はそんなことをしない。

聖獣を連れていたとしても、彼女はその力を利用する気持ちなんてないことは、ほんの短い時間接しただけでも理解できた。

なんの知識もない子供であれば多少は納得できる。

でも、サクヤ君はそうではない。

話していてとても理性的だし、ぼく達の言っていることをしっかりと理解し、頭の回転も速い。

まるで大人の女性と話しているような気持ちにさせられるほどだ。

さっきの魔物の捜索《そうさく》の時も、彼女の助言がなかったら、見つけるまでにもっと時間がかかっていたかもしれない。それに、彼女がいなかったらウィン様の協力も得られず、さらに時間がかかっただろう。

それを彼女がちょっと力を貸してくれただけで終わったのだ。というか、ぼくがやったことは魔物の正体を見抜いただけで、発見から懐柔《かいじゅう》にいたるまで全部サクヤ君がやってくれた。

思えば、彼女は自分であれば問題を解決できると分かっていたからこそ、最初に手伝いを申し出てくれたのだろう。

感謝せずにはいられない理由はまだある。

魔物が人を襲う……それもこの街に限っては特に厄介な問題になる。

というのも、この街は従魔に寛容だと言われてはいるが、全員が全員そうではない。

街中で魔物が問題を起こせば、従魔をこの街から追い出そうとする動きが強くなってしまってもおかしくない。

それに、つい数日前、魔物が街を襲撃してきたばかりで、従魔だろうが魔物なのだから危険だと主張する者も出てきた。

だけど、この街から従魔を追い出すという事態だけにはなってはならない。

人と魔物が共存できる街の実現を目指しているぼくにとって、そんなことは許せなかった。

「でもなぁ……」

……それも難しいかもしれない。ここの領主は愚《おろ》か者だ。

未だに魔法使いをなぜか囲い込み、よく分からない警戒をしている。

そのせいで下町の連中は領主への反感が高まり、城下町の人達との間にも不和が生じようとしている。

これは解決できるのか。

そんな不安を感じてしまうけれど……。

「はぁ……考えても仕方ないか……。クロノとリオンにでも任せよう。ぼくはそれよりも……サクヤ君……彼女は何者なのかのほうが気になるな」

ぼくは自分の得意分野の方を考えていこうと思う。

彼女は相当魔物と相性がいいようだが……エアホーンラビットが人の言うことを聞いて姿を見せるなんて、ありえないどころの騒ぎではない。

というか、聖獣二体とか、何度考えてもおかしい。

ぼくがこれまで魔物と聖獣について研究してきた経験からすると、本当に現実かと思うくらいありえない。信じられないことしか起きていないのだ。

でも、彼女はそのありえないことを、いたって普通のことのように受け入れていた。

どうなっているんだ……。

「ぼくが彼女の立場にあったら、狂喜乱舞《きょうきらんぶ》するのに……」

聖獣を従魔にするなんて、そういうレベルでもまだ足りない。王族が従魔にできたら、国をあげての祝日になるのは間違いないだろう。

なのに彼女はかわいらしい顔に『？』を浮かべて、それが？　という顔をするだけなのだ。

「にしても、聖獣を二体、か……研究させてくれないかな……」

流石にダメだろうか。

でも、ああやって聖獣と会話をしたのは初めてだから、それで満足しておくべきか。

「まあ、時間はまだあるし、今はちゃんと彼女と仲良くなるのが先決かな」

あんまりぐいぐいいって、彼女に嫌われてしまったら元も子もない。ゆっくりいこう。

そんなことを考えているうちに、城下町の役所に到着したのだった。

第7話

「キュイキュイ！」

「ビャウビャウ！」

お昼ご飯を食べに行く前に、一度、泊まっている宿に帰ってきたわたし達。

結局、外で食べるのはやっぱり大変そうなので、お昼ご飯はクロノさんが買ってきてくれることになって、わたし達は留守番だ。

部屋の中では、ヴァイスとエアホーンラビットが楽しそうに走り回っている。

「楽しそうだね。ヴァイスっていつも寝てるから驚いちゃった」

「今も眠たいのだろうがな。それでも、遊ぶ方が楽しいのかもしれない」

ウィンも微笑ましそうに二体のやりとりを見ていた。

それから少しすると、エアホーンラビットが先に眠りについてしまった。

「そっちが先なんだ……」

「ずっと街中で警戒をして、疲れていただろうからな。サクヤに出会って安心したのだろう」

「じゃあ、今はそっとしておいた方がいいかな」

「その方がいいと思う」

わたし達がそう話していると、ヴァイスが少し不満そうな目を向けてくる。

「ウビャゥ……」

彼の目はとても遊んでほしそうな感じだ。

「ヴァイス。一緒に遊ぶ？」

「ウビャゥ……」

しかし、予想していたのとは違って、反応は鈍かった。

「ヴァイス？」

何か考えているのは間違いないようなのだが、何かを言ってくれることはない。

いつもなら、なんとなく言いたいことが伝わるんだけど、今はよく分からなかった。

どうしたんだろう？

何かあるのかな……ヴァイスの言っていることが分かれば……。

あ、そっか。やろうやろうと思っていて、全然やっていないことがあった。

私は早速、ヴァイスに顔を近付ける。

「ヴァイス。今から念話の練習しよ？」

「ウビャ？」

え？　今？　という顔をしているけれど、クロノさんが出掛けていて、エアホーンラビットも眠っていて、ヴァイスも起きていて時間があるからやるなら今だ。

それに、念話を使えるようになると、わたしとヴァイスの間でもっと正確な意思疎通が可能になる。

すると、まったりと寝転がっていたウィンも賛成してくれる。

「ヴァイス。お前もサクヤと話したいだろう？　なら今のうちに喋れるようになっておくと楽しいぞ」

「ウビャウ！」

ウィンの後押しもあって、ヴァイスは楽しそうに尻尾を振っている。

わたしはその様子を見て、笑顔になりながら話しかける。

「それじゃあ念話を送るね」

わたしは頭の中を切り替え、念話をヴァイスに送る。

『ヴァイス。聞こえる？』

「ウビャウ！」

『聞こえてはいるみたいだね……普通に喋れたりはしない？』

「ウビャウ！」

「ヴァイス？　念話で返事ってできる？」

「ウビャウ！」

「できてないね……」

どうしたらできるんだろう……。

そう思って悩んでいると、ウィンが助言をくれる。

「ヴァイス。もっと強く念じろ。サクヤと話したいと、サクヤに自分の気持ちを伝えたいと。心の底から思わねばできんぞ」

「ウビャウ！」

おそらく分かった！　と言っているのだろう。そしてヴァイスは、めちゃくちゃに吠え始める。

「ウビャ！　ウビャビャウ！　ウビャウウビャウ!!」

「ちょ、ヴァイス……お隣さんに迷惑かもしれないから、吠えまくるのはやめて」

「風の結界を張っているから問題ないぞ」

「流石ウィン。仕事が早い」

「ウビャウ！」

全くだ、とヴァイスは言っているように感じた。

今のもそうだけど、なんだかんだ言って、これまでもヴァイスが何を言いたいのか分かることは多かった。

でも……。

「うーん。ヴァイス……わたしもちゃんとヴァイスとお話ししたいよ」

「ウビャウ！」

自分も！　とヴァイスは頷いているけれど、それをどうにか念話で伝えてくれないだろうか。

『ヴァイス。こうだよこう！』

わたしはテレパシーを送るように両手を頭の前に構えてやってみせる。

「ウビャ！」

ヴァイスもよたよたしつつも、二足でなんとか立ち上がり、前足で目を隠す。

「かわいい」

一生懸命頑張っているヴァイスには申し訳ないけれど、今のヴァイスの仕草はとてもかわいい。

スマホがあったら確実に動画を撮《と》って永久保存していただろうシーンだと思う。

ネットにあげたらバズること間違いなし、っていうか白い虎を飼っている時点でもうバズることは約束されたも同然かな。ああ、でも虎って飼ってもいいんだっけ？　サーバルキャットなら昔飼おうとしたことがあって、法律で禁止されてるって知って諦めたんだけど……虎はどうだったかな。

って話が逸れた。

ヴァイスも一生懸命やってくれているんだけれど、それでも、念話ができるようになることはなかった。

練習を始めて三十分くらい経った頃に、ドアがノックされる。

コンコン。

「はい」

「おれだ。クロノだ」

「どうぞ。開いていますよ」

「失礼する」

そう言ってクロノさんが入ってきて、かわいらしいポーズをとっているヴァイスを数秒見つめた後に、わたしに向き直った。

「サクヤ、昼飯を買ってきたぞ」

「ありがとうございます！」

わたしは喜んでクロノさんの買ってきてくれた料理を受け取ると、並べ始めた。

床に敷物を敷いて、その上にクロノさんが買ってきてくれた料理を置くだけだけれど。

「リオンさんも戻ってくるんですかね？」

「いや、あいつは夜まで戻らないはずだからおれ達だけで食べよう」

「分かりました。いただきます」

わたしはウィンやヴァイス、エアホーンラビットの分を取り分けて、彼らの前に置く。

でも、みんなわたしが自分の分を取り分けるのを待ってくれていた。

「みんなも食べて、わたしも食べるから」

わたしはそう言って、自分の皿の上に載っている、十センチ四方くらいの魚の半身を焼いたものを口に運ぶ。

味はサンマに近いだろうか？　でも、結構豪快《ごうかい》な味付けがされているので正しいとも言い切れない。

半身しかなく、頭もないので姿形も想像することしかできず、元々はどんな姿なのか気になった。

「……」

　という訳で鑑定。

【サマーン……サンマに似た味を持つマンボウに似た魚】

　マンボウ……に似た魚？　なんだそれ……と思わなくもないけれど、このサイズ……十センチ四方の半身だと思っていたのは、半身の一部分……だったってことかな？　マンボウって結構でかいもんね？

　そんなことを考えた後に、みんなは美味しく食べれているのか見てみる。

　ウィンは美味しそうに大きな肉の塊にかじりついていて、ヴァイスはわたしと同じ料理を、口元を汚しながら食べている。

　エアホーンラビットは、ニンニンを黙々《もくもく》とかじっていた。

　美味しそうに食べているのを見て、なんだか嬉しくなっていると、ウィンの声が響く。

「なぜ俺を見る？」

「え？　あ、ごめん。嫌だった……よね」

　わたしのことだと思って即座に謝る。

「違う。サクヤが見たいならいくらでも見るといい。十六時間くらいなら見ても怒らない」

「あとの八時間は……？」

「寝ろ」

「はい……って。そうじゃなくって、見てたって……」

ウィンの視線を辿ると、そこには料理にほとんど手をつけていないクロノさんがいた。

「俺に何か聞きたいことがあるんじゃないのか？」

「あります。実は……おれ、もっと強くなりたいんです。だけど、最近はどうやっても強くなれない気がして……それで、とても強いウィン様に助言を頂けないかと思いまして」

「なるほどな」

わたしは少し気になってクロノさんに聞く。

「あの、クロノさんってとても強いんじゃないんですか？」

「それなりにはな。でも、Sランクの冒険者は桁が違う。会っただけで存在の格が違うと知らされるというか……それほどに圧倒的な力を持っている。そして、おれもその領域に行きたいんだ。人を守るために」

そう言うクロノさんの視線が、わたしの方に向いていたのは気のせいだろうか？

彼がそう言ってから、ウィンが聞く。

「なぜ今なんだ？　確かに最初の頃から俺の強さを知りたそうにしていたが、そこまでではなかっただろう？」

「本当はすぐにでも聞きたかったです。でも、サクヤ達がこの街を気に入ってくれるか分からなかった。まずはこの街にいてもいいと思ってもらえたら……と思っていました。サクヤ達の邪魔になるようなことはしたくなかったですから」

「ふむ。なるほどな。俺達が街を歩いても、特に問題なかったからか？」

「はい。この街も悪いものじゃないと知っていただけたでしょう？　なら、少しはこの街に留まっていただけるのではと思ったんです。そして、それなら空いた時間で構わないので、稽古《けいこ》をつけてもらいたい、とも」

クロノさんはとても真剣な目でウィンを真っすぐに見ていた。

ウィンはじっとその瞳を見返した後に答える。

「……ふむ。サクヤのことを考えて、最初から頼んでこなかったのは褒めてやろう。俺に答えられることがあるなら答えてやるが……稽古は……どうだろうな」

そう言ってわたしの方を見てくる。

これはわたしが許可を出したら、クロノさんとウィンの稽古が始まるのだろうか。

一人考えていると、クロノさんがわたしに頼み込んでくる。

「頼む！　ウィン様に、おれに稽古をつけてくれるように言ってくれ！」

「そこまでして強くなりたいんですか？」

「なりたい！　強くなって、人々を守れるようになりたいんだ！」

クロノさんの目にはとても強い光が宿っている。

その強い光に、わたしは射貫かれたような気がした。

彼の強い想いを受けて、わたしはウィンに言う。

「ウィンがいいなら好きにして」

「分かった。クロノ、俺の稽古はきついぞ？」

「ありがとうございます！」

「礼ならサクヤに言うんだな」

「ありがとうサクヤ！」

「いえ、でも、ウィンって昔から強かったんだよね？　強くなる方法とか参考にならないんじゃない？」

聖獣なら、元々強かったんじゃ……と思ってそう聞いたんだけれども、ウィンは首を横に振る。

「俺にも弱い時はあったぞ？　世界のためと言われていきなり放り出されて、魔物に殺されかけたことなんて百ではきかん」

「え？　そんなに危ない目にあってきたの？」

驚きだ。

今はまるで息をするように魔物を倒しているのに、あのウィンにそんな時代があったなんて……。

ウィンは懐かしむように目を細めて笑う。

「今にして思えば、いい思い出だ。そして、その時くぐってきた死線があるから今の俺がいると言ってもいい。だからそんな心配そうな目で見るな」

「……わたし。そんな目をしてた？」

確かに体に傷痕《きずあと》が残っていないかとか気になって見ていたけれど、やっぱり分かるものなんだろうか。

ただ、今はそんな無茶はしてほしくない。ウィンには聖獣としての役目だけじゃなくて、ウィン自身が怖いと思うようなことがないように生きてほしいと思っている。

「していたぞ。でも弱かったのは昔の話で――」

ドンドン！

ウィンの話は、部屋を叩かれる音で遮られる。

「どなたですか？」

「リオンです！　兄さんはいますか！」

「います！　開いているので入ってきてください！」

「失礼します！」

リオンさんは結構な勢いで走ってきたようで、かなり汗をかいていた。

そして、未だに慌てているのか、怖いくらいの顔でクロノさんを見る。

「兄さん！　急いで来て！　やばい魔物が出たみたいなんだ！」

そう叫ぶリオンさんを見て、わたしは不安になった。

「とりあえず行けばいいのか!?」

「うん！　ついてきて！」

クロノさんは叫び、リオンさんが答えて走り出す。

一体どういうことなのかと、わたしもヴァイスとエアホーンラビットを抱えてウィンに乗り、追いかける。

外に飛び出したリオンさんは、城壁の外に向かって走る。

「ギルドに行くんじゃないんですか？　もしかして……」

もしかして、もう戦闘になっている？

そんなことを思っていると、リオンさんは前を見て走りながら答えてくれる。

「いえ、正直信じられないと思うので、その目で見ていただこうかと」

「信じられない？」

「それほどに巨大な魔物がこちらに近付いてきているんです。その魔物は、移動速度こそゆっくりですが、恐ろしく強い……。最初に出会ったCランク冒険者パーティは一人を除いて全滅しました」

「全滅……」

「ええ、最後の生き残りがなんとか帰ってきて、情報がギルドに入った頃には、城壁の上から見えるくらいの場所に来てしまったのです」

リオンさんはそう言って悲しそうな表情を浮かべる。

でも、そんな彼を元気づけるのは決まって彼だ。

「心配するなリオン。おれ達がいればこの街は必ず守れる。だから前を向け！」

「兄さん……」

「リオン。お前がそこまで言うのなら、恐ろしい魔物なんだろう。だがお前とおれが力を合わせれば絶対に勝てる！　いいな？」

クロノさんはそう言ってリオンさんの横に並び、笑顔で元気づけている。

さっきはあんなに強くなりたいと言っていたのに、リオンさんの前では決して弱気な姿を見せない。

リオンさんはそんなクロノさんの言葉に勇気付けられたのだろう、笑顔になった。

「うん。兄さんがいてくれれば大丈夫。とりあえず確認して。ここを上っていけば見えるよ」

そう言って、リオンさんは城壁近くにある尖塔《せんとう》の螺旋階段を上っていく。

尖塔の頂上は高さ十メートルくらいの所にあり、周囲を見回すことができる。石造りでかなり頑丈そうで、頂上の広さは三メートル四方くらいだそうだ。

わたし達もリオンさんに続いて尖塔の頂上に出ると、流石に少し狭かった。

でも、そんなことはすぐに気にならなくなる。

なぜなら、わたし達の目には、ここからでも分かるほどの巨大な真っ黒いスライムが映っていたからだ。

「大きい……」

巨大、まさに巨大。

わたし達のいる場所から一キロ以上は絶対に離れている。なのに、それがいるとハッキリと分かるほどの巨体なのだ。

わたしの目算だけれど、高さ三十メートル……横幅はちょっと潰れているので、五十メートルはあるかもしれない。

それほどの大きなスライムが、森の木々をバキバキとなぎ倒しながら、こちらにゆっくりと近付いてきていた。

「あれは……あんな魔物が……存在するのか？」

「僕も最初は信じられなかったけど、こうして目の前にいるからね……」

「スライムということは、取り込まれたら体内に吸収されていくのか？」

「うん。それは普通のスライムと同じなんだけど、あいつは近付くと黒い触手《しょくしゅ》が伸びてきて、それに捕まっちゃうと体内に引きずり込まれるんだって。そして、呑《の》み込まれたら決して助からないらしい」

助からない……。

あんなのがここに来たらどうなるんだろうか。

「そうか……。ギルドマスターはどうするって言っている？」

「一応、魔法使いをたくさん集めて、大規模術式を使って迎撃しようとしているみたい。それと、万が一に備えて住民の避難を急がせるって」

「避難……ということは、ここを放棄するのか？」

「そうしなければならないかもしれないんだって。さっき……一人で時間稼ぎに出たAランクの冒険者でも歯が立たなかったらしいし」

クロノさんと同格のAランクの冒険者の人が無理だったのに、どうやって勝つんだろうか。

「なるほど。それは俺も遊んでいる訳にはいかんな。リオン、急ぎ戻るぞ」

「うん。サクヤちゃんはどうする？」

リオンさんがそう聞いてくるけど、わたしはあのスライムに釘付《くぎづ》けになっていた。

「……」

「俺がここで見ておく。気にせずに行くといい」

「ウィン様……それでは失礼します」

「また」

クロノさんとリオンさんはそう言って尖塔を下りていく。

「サクヤ。大丈夫か？」

「ウィン……あれって……どれくらい強いの？」

「正直言って、この街の冒険者達の力では全く歯が立たんだろうな。死にに行くようなものだ」

「そんなに……？」

「ああ、無理だ。百回やろうが千回やろうが、この街が滅ぶことは変わらない。それほどに奴は強い」

わたしはできるか分からなかったけれど、スライムの鑑定を試すことにした。

すると、目の前に半透明のウインドウが出てくる。

《名前》　未設定

《種族》　ダークドレインスライム
《年齢》　302
《レベル》584
《状態》　健康
《体力》　1230045　　　《魔力》　12991654
《力》　　5722　　　　《器用さ》　930　　　　《素早さ》　29
《スキル》吸収　触手　闇魔法
《称号》　聖獣の力を奪いし者

「あれは……俺でも勝てるか分からないな……」

そのステータスは圧倒的だった。

ウィンよりも体力と魔力の数値が高いのだ。

そしてウィンの言葉は、わたしを絶望させるに足るものだった。

わたしは思わず言葉を漏らす。

「強い……」

「サクヤもあいつの強さが分かるのか？」

わたしが呟いた言葉に、ウィンが反応する。

「うん……分かる。ものすごく強いっていうことは分かるよ」

「そうか……だが、ここは俺に任せろ。時間はかかるかもしれないが、行ってくる」

「行くって？　どこに行くの？」

わたしは分かりきっていることを聞く。

「決まっている。俺があの魔物を倒してくる。そうしなければこの街は大変なことになるからな」

やめて。

そんなこと言わないで。

なんでそんなことを言うんだろう。

どうしてそんなことを当たり前のように言うんだろう。

「ダメだよ。ウィン」

わたしは気が付くと、言葉を漏らしていた。

「サクヤ？」

わたしの言葉に、ウィンは首を曲げて振り返ってくる。その顔には強い疑問が浮かんでいる。

そんなウィンに言い聞かせるように、わたしは言う。

「ダメ。絶対にダメ。ウィン。勝手に行ったら絶対に許さないから」

わたしは力強くそう言い切る。

「どうしてだ、サクヤ!?　俺が行かなければこの街はなくなる！」

「なら逃げようよ。あいつは足が遅い。その時間はあると思う」

「だが、どこに逃げる？」

「転移陣があるんでしょ？　それで王都に行こうよ。それがダメなら、ここから北は人間の勢力圏なんでしょ？　ならそこでいいじゃない」

「そんな……どうして、俺が戦えばあいつはきっと倒せる。それにこの街の人間だって助かるんだぞ」

ウィンのその言葉を聞いて、わたしは強く言う。

「なんでウィンが傷つかないといけないの！」

「!?」

わたしの想像よりも大きな声だったけれど、わたしはずっと思っていた言葉を止められなかった。

「なんで……なんで毎回ウィンがそんなに頑張らないといけないの？　わたしと会うまで、ウィンは三百年もあそこに閉じ込められていたんでしょ？　世界のために悪い人を倒して……それであんな所に閉じ込められた。それなのに、また人のためにウィンだけが傷つかないといけないの？　それはおかしいよ。倒せるからってなんなの？　ウィン……わたしはあなたに傷ついてほしくない」

わたしはぎゅっとウィンの毛を握る。

これが、わたしが思っていたことだ。彼を助けた時からずっと思っていた。

なんで彼だけが傷ついて、誰かに頼られて、それに応えて……なのに誰も助けてくれず、神なんぞに、世界だか人だかを助けろと言われて戦い続ける。

そんなの間違ってる。

絶対に……絶対に間違ってる。

もし戦うのなら、ウィンだけに任せるべきじゃない。

ウィンだけがやらなければならないなんて、わたしが許さない。

そう、思っていると――

ペロ。

わたしの頬がウィンに舐められた。

「え……ウィン……？」

「サクヤ。サクヤはそこまで俺のことを心配してくれていたのだな」

「当然でしょ。だからやめて」

行かないで。傷つかないで。ケガをしないで。

「だが、この街は……街の人間はどうするんだ？」

「わたし、創造魔法が使えるでしょ？　それで土の壁でも作れば、あいつの足をもっと鈍らせられるはず。それをやっている間に、みんなには避難してもらう」

ウィンに戦わせる訳にはいかないけど、わたしだって戦える訳ではない。

だから、全員が逃げられるだけの時間を作ればいいんだ。

「サクヤ。そこまで考えていたのか」

「うん。だって……わたしはウィンに傷ついてほしくないから。どうしようもない敵が来るなら逃げよう。戦ってなんて……お願いできないよ」

人は気軽に言う。

『お願い』

自分でできないこと、やりたくないこと。

それを他者がやってくれると思って簡単に言う。

その気軽な言葉を受け取った側はどう思うのか。

言った側はそんなことを考えもしない。

だから、わたしは……。

「だから気軽に何かをしてと言わなかった訳か」

「ウィン……」

ウィンはきれいなエメラルドグリーンの瞳に優しさをたたえてわたしを見つめる。

「サクヤはこうしてほしいとか、ああしてほしいってことをあんまり言わなかったからな。魔法を教えてほしいと言った時も、自分のためじゃなくて、俺を助けるためだっただろう？　リオン達に魔法を習おうとしたのも、俺だけが戦わなくてすむように、ということだったのだろう？」

まさかそこまで見抜かれているとは思わなかった。

「どうして聖獣を従魔にしているのに、そんな風にしか言わないのかと思っていたが……そういう訳だったのか。戦いからできるだけ逃げようと提案していたのも、それが理由だな？」

「だって……」

「だがな、サクヤ。俺はサクヤに頼ってほしい」

ウィンは真っすぐにわたしを見つめてくる。

「……」

「サクヤがしたいと思ったことをしてやることが、俺の喜びだ。俺への礼がしたいと言っていたな？　であれば、サクヤが気軽に俺に頼みごとをしてくること、それが俺の喜びであり、やってほしいことだ」

「ウィン……」

それでも、わたしはすぐにお願いできない。

そんな簡単に、ウィンよりも圧倒的に高いステータスを持った危険な魔物と戦いに行けなんて言える訳ない。

しかし、ウィンは優しく話を続ける。

「サクヤ。教えてくれ。本当に、逃げる時間さえ稼げればいいと思っているのか？」

ウィンの言葉を聞き、わたしに声をかけてくれた人達の顔が浮かんでくる。

ウィンのことをかわいいと言ってくれた人。優しい笑顔で野菜をくれた人。

彼らはここで暮らし、一生懸命生きている。他の場所に行き、そのまま笑顔でいられるのか。

考えれば分かることだ。

家もなくし、仕事もなくし、そんな人達が笑顔でいられる訳がない。

「でも……ウィンに傷ついてほしくない」

「ならそう『願え』」

「……願う？」

「そうだ。俺に言え。『決して傷を負うことなく奴を倒せ』と。そう俺に願え」

「できる……の？」

「できる。俺はサクヤを決して裏切らない。ここで嘘も言わない。だから、そう願ってくれ。サクヤ」

ウィンが嘘を言っているようには見えない。

でも……万が一……。

わたしはそう考えたけれど、ここまで言ってくれるウィンを信じることにした。

そんなウィンを信じずに、他の誰を信じるのか。

わたしはヴァイスとエアホーンラビットを抱えてウィンから降りる。

そして、二体を地面にそっと置き、ウィンの頭を抱える。

「ウィン。約束だよ。絶対にケガしないで、無事に帰ってきて。『お願い』あいつを……倒して」

「承《うけたまわ》った。我が主よ。そこでのんびりと見ているといい。すぐに終える。ただ……」

「ただ？」

「魔力は使っていいか？」

「好きに使って。ウィンが無事に帰ってくるなら、全部の魔力が使われても安いものだよ」

「ありがとう。サクヤ」

ウィンはそう言って軽く笑った後、空高く跳び上がった。

◇
◆
◇
◆
◇

ボクのすぐ隣で、主であるサクヤが泣いている。

つい今さっき、空中に飛び出したウィンおじちゃんが泣かせた？　違う。

ウィンおじちゃんはサクヤが大好きで、そんなことはしない。

じゃあどうして、サクヤは涙を流しているのだろう。

どうして、ボクは何もできずに見ていることしかできないのだろう。

目が覚めた時から、この人とずっと一緒にいたいと思った。そして、それは正しかった。

サクヤはずっとボクを見て、優しく導いてくれている。

ずっとボクと一緒にいてくれた。

ボクが遊びたいと言ったら遊んでくれて、寝たいと言ったら一緒に横になってくれた。

なのに、ボクはサクヤに何ができた？

何をしてきた？

「ウビャウ」

「……ヴァイス……ありがとう」

サクヤは声をあげたボクを見て、涙を流しているのに気付かずに笑いかけてくれる。

どうしてボクは話せないんだ。

どうやったら……ボクは……ボクはサクヤの力になってあげられるんだろう。

『ヴァイス。もっと強く念じろ。サクヤと話したいと、サクヤに自分の気持ちを伝えたいと。心の底から思わねばできんぞ』

そんなウィンおじちゃんの言葉を思い出す。

強く念じる……サクヤを安心させてあげたい。

ボクだって、ウィンおじちゃんと同じサクヤの従魔だ。

あそこまで強くはないけれど、いずれボクも絶対に強くなって、サクヤを守ってみせる。

少なくとも、今は話して安心させてあげるくらいはボクがするんだ！

強く念じる。

サクヤを安心させてあげる。

ボクがやらずに誰がやるんだ！

『サク……ヤ』

「え？　誰……ヴァイス？」

サクヤは周囲を確認した後、ボクに視線を落とす。

ボクは頷いてもっと話した。

『サクヤ、サクヤ、サクヤ』

『うん。聞こえているよ。ヴァイス。念話、できるようになったんだね。すごいよ』

サクヤはそう言って、ボクを抱き上げてくれる。

彼女の優しい抱き方も、温かい温もりも全部が愛おしい。

『サクヤ。大丈夫』

「……ヴァイス」

『ウィン……おじちゃん……強いよ……サクヤ……泣かないで。見てあげて』

「ヴァイス……」

ボクはサクヤに強く抱き締められる。

でも、そうやって抱き締められているのも、ボクは嬉しかった。

サクヤが悲しんでいるなら、その悲しみを取り払ってあげたい。

それができないなら、せめて隣にいてあげたい。

ボクは従魔だから……いや、そんなことは関係ない。

ボクはただサクヤに安心して、元気でいてほしいんだ。

ボクはサクヤに抱かれて、眠りについた。

◇　◆　◇　◆　◇

ヴァイスがわたしの腕の中で静かに寝息を立てていた。

わたしはじっとヴァイスを見つめる。

「ありがとう……ヴァイス」

わたしはとても嬉しかった。

ヴァイスがわたしのために話せるようになってくれて。それも、こんな時に……。

わたしが不安でたまらない時に、こうやって優しく声をかけてくれた。

本当に……本当に嬉しかった。

ウィンが頑張ってくれるところを見たいと思っていた。

でも、やっぱり……もし何かあってウィンがケガをしたら、わたしは自分の愚かさを呪《のろ》ってしまうかもしれない。

そんな思いがあって、わたしはウィンを信じると決めていても、顔を上げられなかった。

でもヴァイスが、そんな心配する必要はないって教えてくれた。

ウィンは強いから……だから、見てあげて……と。

なら、わたしは見る。それが今のわたしにできること。

「キュイキュイ」

「ごめんね。君もおいで」

自分もいるのに！　と声をあげるエアホーンラビットを抱えて、じっとウィンを応援することにした。

ウィンは空中に浮かび、スライムを見据えている。

そして、遠吠えをすると、わたし達以外の視界を塞ぐようにして、ケンリスの街全体を覆うほどの風の結界が現れた。

◇　◆　◇　◆　◇

俺、ウィンは上空に跳び上がった後、街全体を囲うようにして風の結界を張る。

これからの戦闘で余波が及ばないようにするためと、俺の本気で戦う姿をサクヤ達以外に見せないようにするためだ。

当然、俺自身の体にも隠蔽の結界を張る。

街や森から離れた場所にも人がいて、そいつらが俺のことを見るかもしれないからだ。

俺は天高く吠え、サクヤから伝わってくる魔力を感じる。

その魔力は暖かく、心地よい。

しかも無限にあるのではと錯覚させられるほどで、繋がりを持った今でもなお底が見えない。

その魔力をサクヤから貰い続け、敵を睨みつける。

俺は聖獣、誇り高きフェンリルのウィン。

あのようなスライムごときに負けはしない。

「しかしあいつは……おそらくは俺の力を吸い取っていた奴だろうな……」

そう、俺は封印されていたあの牢で、常に魔力を吸われていた。

あのスライムの巨体には、わずかに俺の魔力の痕跡のようなものがあるから分かったのだ。

おそらくあのスライムは、俺を封印した奴らが牢に仕掛けていたものだ。あの牢が壊れるまでずっと俺から魔力を吸い取り続け、いずれ牢が自壊した際には、俺の力を十分に吸い取り強化されたあいつが、俺を殺す算段だったはずだ。

忌々しいが、しかしよく考えたものだ。

まぁ、それもサクヤが来てくれたお陰でそんなことにはならずにすんだが。

今思えば、サクヤと会った日に倒した小さいスライムは、こいつの一部だったのだろう。

俺はサクヤの方をちらりと見る。

彼女は目に涙を浮かべていて、それだけでとても愛おしく、かわいらしく、守ってあげたいと感じる。

聖獣だからと頼られることはあっても、心配されることがほとんどない俺にとって、あそこまで心配してもらえて、嬉しくない訳がない。

それと同時に、必ず無傷で帰らねばと再度誓う。

「――さて、こんなものか」

サクヤから貰った魔力を全身に巡らせていた俺は、本来の姿を解放する。

「アオオオオオオオオオオオオオオオオオオオオオオオオオン！！！！」

全身のサイズが五倍以上に膨《ふく》れ上がり、体中に緑の紋様《もんよう》が走る。

それと同時に、自身の体を守るために何重にも重なる風の防御結界を発生させる。

地を揺らし、山を砕き、海を割る。それこそがフェンリルだ。俺は天を駆ける。

フェンリルである俺は、風属性を好きなように操れる。空を走ることも容易にできるのだ。

俺はそのまま空を駆けてやつの上空に行き、奴に向かって魔法を放ちまくる。

「〈大嵐《おおあらし》の堅顎《けんがく》〉〈旋風《せんぷう》の剛剣《ごうけん》〉〈暴風の天槍《てんそう》〉」

風の顎《あぎと》が奴の体を一部分をかじり取り、竜巻が奴の全身をじわじわと削り取る。ダメもとで本体の核を狙って放った槍は、奴の体の途中で受け止められた。

「ふむ。やはりある程度時間をかけて削り取っていくのがいいか……しかし……」

サクヤは心配そうな目で俺を見ている。

聖獣として、従魔として、いや、ウィンとして、サクヤをそんな目にさせておく訳にはいかない。

「〈大嵐の堅顎〉」

一番時間効率がよさそうな魔法を放ちまくる。

本来の姿を解放した俺でも、これだけの大技を放ちまくると、魔力は底をつく。

でも、サクヤから送られてくる魔力は減るどころかどんどん増えていき、止まる気配はなかった。

まるで、もっといる？　もっと持っていってもいいよ、と言っているようで、魔力と一緒に優しさが伝わってきた。

だから俺は、サクヤが望む圧倒的な勝利を彼女に見せることにした。

これだけ魔法を使うと、奴の体はあっという間に削り取られていき、大きさはジャイアントオーガよりも小さくなった。

「あとは核を狙って――〈暴風の天槍〉〈暴風の天槍〉〈暴風の天槍〉〈暴風の天槍〉〈暴風の天槍〉〈暴風の天槍〉〈暴風の天槍〉〈暴風の天槍〉〈暴風の天槍〉〈暴風の天槍〉」

十本の槍を作り出し、奴の核目掛けて射出する。

勝利を確信したが――奴はそんなに簡単ではなかった。

ガガギン!!

最高の貫通力を持つ魔法が直撃しても、奴の核は無事だったのだ。

「なんと……魔法耐性が核だけは特別高いのか？　仕方ない。〈大嵐の堅顎〉〈大嵐の堅顎〉〈大嵐の堅顎〉〈大嵐の堅顎〉〈大嵐の堅顎〉」

奴の核以外の全てを魔法で削り取る。

万が一も、一瞬の隙も見せることはない。

全ては我が愛しのサクヤの願いのため。

魔法で核以外を全て削り取ったことで、奴の核がゴトリと地面に落ちる。

「――〈旋風の獣爪〉」

俺は爪を魔法で強化し、上空から勢いよく、核に突き刺した。

「これで終わりか……な!?」

しかし、俺の爪は核の途中で止まってしまう。そして、触れている今だからこそ分かる。

奴はまだ力を失っていなかった。

「！！！」

核から液状の体が溢れ出てきて、俺の全身を呑み込もうとしてくる。

だが――

「甘い」

その全ての液状の体は、俺が事前に作っていた魔法により切り裂かれ、あっさりと消滅した。

「サクヤには絶対にケガをするなと言われたからな。そのための備えはいくらでもしてある。さらばだ。過去の叡智よ」

俺は爪に力を込めて、核を完全に真っ二つにした。

バチャバチャバチャバチャバチャバチャ。

すると、周囲にわずかに残っていた真っ黒なスライムの体が、完全に液状になった。

同時に、奴の生命が尽きたのを感じる。

俺は核の残骸を風で浮かせて、急いでかわいいかわいいサクヤの元に戻る。

ちょっとだけだけれど、離れている間に寂しさを感じてしまったのだ。

だから……もう一度撫でてもらうために、俺はサクヤの元へと急いだ。

◇◆◇◆◇

「サクヤ！　戻ったぞ！」

「お帰り！　ウィン！」

なんか、戦っている間はすごい状態になっていた。

めちゃくちゃ大きくなって模様もすごかったし、遠目に見ても分かるくらいえげつない魔法を使っていた。

でも、今はそんな凄《すご》みを感じさせない。

いつものウィンに戻っていた。

結界を解いて尖塔に戻ってきたウィンを、わたしは抱き締める。

「お帰り……ウィン。ケガはない？」

「ああ、心配なら全身調べるといい」

「よかった……ウィンが無事に戻ってきてくれて……」

わたしはそれから、ウィンをひたすら抱き締め続けた。

『ボクも』

「キュイキュイ！」

ずっと抱き締めていると、いつの間にか起きていたヴァイスと、エアホーンラビットも混ぜろと言ってくる。

「ふふ、ごめんね」

わたしは二体を抱いて、一緒にウィンを再び抱き締める。

みんなの温かさを味わっていると、下からどやどやと声が聞こえてきた。

「サクヤ！　無事か⁉」

「サクヤちゃん！　ケガは⁉」

そう言って飛び込んできたのは、クロノさんとリオンさんだった。

二人はわたし達を見ておそるおそる聞いてくる。

「あの……お忙しいところ悪いんだが、さっきの街を覆っていた魔法って……」

「俺が使ったものだ。誰にも言うなよ」

「も、もちろんです。そして、スライムがいなくなっているんですが……」

「俺が倒したのだ。誰にも言うなよ」

「……はい」

クロノさんがいつになく元気を失ったような声で答える。それから、彼はわたし達の前で膝《ひざ》をつく。

リオンさんは少し迷った後、クロノさんと同じように膝をついた。

「サクヤ。おれ達は……今は言えないけれど、実はそれなりに高い位を持っている」

王族の件でしょうか？　とは流石に聞けない。

「だから、正式に……公にすることはできないけれど、今回……この街を救ってくれたこと。感謝します」

「感謝いたします」

クロノさん達はそう言った後に頭を下げる。

わたしはこのことに、ちょっと嫌な予感がした。

彼らが頭を下げるって……しかもさっきの言いようだと、王族として頭を下げているんだよね？

王族に頭を下げさせた女として……人から注目を浴びてしまうのでは？

そうなったら普通に大問題だ。いや、身分は隠してるし、今の光景は誰にも見られてないんだけど……そういう問題ではない。

わたしは惜しむようにウィン達から離れて二人に向き直る。

「頭を上げてください！　わたしの力じゃありません。ウィンの力ですから」

「従魔の功績も責も主のものとして扱われる、そう言っただろう。ウィン様がそれに異を唱えれば変わるかもしれないが……」

「サクヤの力だと、ここに宣言しておこう」

「ウィン!?」

わたしは思わずウィンの方を振り向く。

「俺はサクヤの従魔だったからこそ、なんの被害もなく倒せたのだ。だから誇っていいんだぞ？　サクヤ」

ウィンはそう言って、鼻をつんつんとくっつけてくる。

「ウィン……」

「という訳だ。自分の手柄として喜んでくれ」

「それはできないよ……」

自分の手柄と言われても、そんな風には流石に思えない。

体を張ってくれたのはウィンなのだから。

「サクヤが俺のことをそう思ってくれるだけで嬉しいんだ。サクヤは優しいな」

「もう……ありがとう。それで、クロノさん達はいつまでそうしているんですか？　流石に頭を上げていただきたいのですが……」

わたしとウィンが話している間も、二人はずっと頭を下げていた。そろそろ上げてほしいと思っていたんだけれど……。

「分かりました。ではこれにて元の立場に戻ります……いや本当に助かった。何が欲しい？」

「え？」

あまりの変わり身の早さに、ちょっと目をむいてしまう。

クロノさんはどうした？　と不思議そうな顔をしている。

「なんだ？　何が欲しい？　おれ達に用意できるものならなんでも用意するぞ」

「兄さん？　なんでもは……」

「大丈夫だ！　おれ達なら用意できる！」

「兄さん……」

呆《あき》れたようなリオンさん。

でも、流石になんでもと言われても……別に欲しいものとかないし……。

「すぐには思いつかないので、保留……ということにしたらダメですか？」

「もちろんそれでもいいぞ。ただ、この後……宴《うたげ》には出てくれるか？」

「宴ですか⁉」

いきなり話が変わっていくのでついていけない。

でも、クロノさんは笑顔で言ってくる。

「当然だ！　この街の危機が去ったのなら、宴を開いて街の民達を安心させてやらねばならん！」

王族っぽい口調出てますよ……と言えずに、クロノさんに流されるままになったのだった。


すっかり日が暮れた後、街の広場では灯《あか》りが煌々《こうこう》と灯《とも》されていた。

クロノさんの言った通り、宴が開始されたのだ。

ちなみに、謎《なぞ》の結界が現れて、いつの間にかあのスライムはいなくなっていた、ということになっている。誰かを讃《たた》える宴というよりは、無事に生き延びてよかった、というのが趣旨《しゅし》だ。

最初こそ、こんな所にウィン達を連れてきて大丈夫か……？　と思っていたんだけれど、従魔を連れた人は結構いて、特に問題にはならなかった。

むしろ、こうやって堂々と外でみんなで一緒にご飯を食べられるということが、個人的にはすごく嬉しかった。

「みんな、美味しい？」

『うむ。美味い』

『おいしい！』

「キュイキュイ！」

みんなで一緒に食べるご飯はとても美味しい。

それにわたし達の他にも、街の人々は笑い合い、安心したのか泣きながら抱き合う人達もいた。

彼らの様子を見て、ふと思う。

「こんな景色を見られるから、ウィンはずっと戦っていたの？」

「それもあるな。こうやって助けた人々の笑顔を見るのも……悪くはない」

「うん。やっぱりウィンは優しいね」

「それを理解するサクヤも……な。そうだ。彼らを見ていて思ったんだが……」

ウィンが何か言おうとしたところで、襲来する人達がいた。

「サクヤ、ウィン様達も食べていますかー？」

「兄さん。そんないきなり」

そう、クロノさんとリオンさんだ。

「リオン。お前もサクヤと話したいんだろう？　なら自分からいかんと話せんぞ？　大人気なんだからな」

「兄さん……」

リオンさんは何か用があるのだろうか？

「何かあるのですか？」

「……別に用がある訳じゃないんだ。ただ、楽しんでくれているのかな……って気になっただけなんだよ」

「はい。とっても楽しいですよ」

「そうか……それはよかった」

そう言って笑うリオンさんの顔は優しく、わたしもほっとさせられる。

しばらくの間リオンさん達と話していると、さらに人が来た。

「お、ここにいたんですね。フェ……ウィン様、ヴァイス様。それにエアホーンラビットにサクヤ君も」

そう言ったのは先生だった。

優先順位が聖獣からなのは、きっと職業病なんだろうなと思う。

わたし達の元に来たのは、彼と……。

「おい。なんで私まで連れてくるんだ。研究をさせろ」

プロフェッサーだった。

彼はあんまり来たくなかったのか、先生に引きずられるようにして歩いていた。

「たまにはいいじゃないか。君に感謝している人も大勢いる。だから少しはあいさつをしておくといい」

「ふん……別に礼などいらん。だが……まぁ……お前達がいるなら少しはいてやってもいい」

そう言って二人は、わたし達がいるテーブルに腰を下ろす。

どんどんにぎやかになっていき、とても楽しかった。

最初森で目が覚めた時は、いきなり知らない場所に放り出されてどうなるかと思ったけれど、こうやって……わたし達と一緒にいてくれる人達がいるのはとても嬉しい。

もっと色々、彼らのことやこの世界のことを知りたいと思った。

それからわたし達は眠たくなるまでのんびりと話したり、ご飯を食べたりして、あっという間に時間が過ぎていく。

そうして夜もすっかり深まる頃には、ヴァイスとエアホーンラビットはすでに眠っていて、わたしも眠くなっていたが、この空気を最後まで楽しみたくて、なんとかこらえていた。

クロノさん達も、街の人達と話しに行って、この場にはわたし達だけだ。

「そういえばウィン」

「なんだ？」

「さっき……何を言おうとしていたの？」

クロノさん達が来る直前、ウィンが何か言いかけていたのを思い出してそう尋ねてみた。

「……サクヤ。俺はこの宴を見て、助けた者達の笑顔を見て、思ったことがある」

「何……？」

「俺が牢に囚われる前に、助けた村に行ってみたいんだ。一緒に……来てくれないか？」

「もちろんだよ……。ウィンが行きたいなら、わたしも一緒に」

「ウビャ」

「……ヴァイスも」

「キュイ」

「エアホーンラビットの君も一緒だよ」

いつの間にか起きていたらしいヴァイスとエアホーンラビットも、そう鳴き声をあげる。

「ありがとう。サクヤ、それにヴァイスとエアホーンラビットも」

そう言って微笑むウィンは、とてもやさしい空気を纏っていた。

「ううん、わたしの方こそありがとうね、ウィン」

わたしはそう言って、ヴァイスやエアホーンラビットごと、ウィンに抱きつく。そして眠さの限界を迎えていたわたしは、幸せな気持ちを抱えて、そのまま眠りについた。


――だけど、この時はまだ、ウィンが行きたいと言った場所があんな場所だったなんて、知る由《よし》もなかったのだ。

不治の病で
部屋から出たことがない僕は、
回復術師を極めて
自由に生きる
2
土偶の友
魔法の椅子でわくわく空中さんぽ!

Re:Monster
リ・モンスター
1〜9・外伝
8.5
暗黒大陸編1〜3
金斬児狐
Kanekiru Kogitsune
シリーズ累計
150万部
（電子含む）
突破!
TVアニメ化
決定!!
ネットで話題沸騰
怪物転生
ファンタジー
最弱ゴブリンの下克上物語 大好評発売中!
【小説】
1〜9巻／外伝／8・5巻
◉各定価：1320円（10%税込）
◉illustration：ヤマーダ
新章
【小説】
1〜3巻（以下続刊）
◉各定価：1320円（10%税込）
◉illustration：NAJI柳田
コミカライズも大好評!
【漫画】
◉各定価：748円（10%税込）
◉漫画：小早川ハルヨシ

月が導く異世界道中
Tsukiga Michibiku Isekai Dochu
あずみ圭
Azumi Kei
1~19
8.5
シリーズ累計360万部の超人気作！（電子含む）
TVアニメ第2期
2024年1月8日から 2クール 放送開始！
TOKYO MX・MBS・BS日テレほか
月が導く異世界道中 あずみ圭
薄幸系男子の成り上がりファンタジー、開幕！
なんでだろう 親の都合で異世界へ
待望の書籍化！
読者賞受賞作！
異世界へと召喚された平凡な高校生、深澄真。彼は女神に「顔が不細工」と罵られ、問答無用で最果ての荒野に飛ばされてしまう。人の温もりを求めて彷徨う真だが、仲間になった美女達は、元竜と元蜘蛛!?　とことん不運、されどチートな真の異世界珍道中が始まった!
2期までに
原作シリーズもチェック！
●各定価：1320円（10%税込）
●illustration：マツモトミツアキ
1~19巻好評発売中!!
月が導く異世界道中 1
あずみ圭
木野コトラ
シリーズ累計29万部
とことん不運、されど、チート!!
漫画：木野コトラ
●各定価：748円（10%税込）●B6判
コミックス1~13巻好評発売中!!

The Record by an Old Guy in the world of Virtual Reality Massively Multiplayer Online
とあるおっさんのVRMMO活動記
1〜29
椎名ほわほわ
Shiina Howahowa
アルファポリス 第6回 ファンタジー小説大賞 読者賞受賞作!!
累計180万部突破（電子含む）の大人気作
TVアニメも大好評!!
TOKYO MX・BS11ほか
コミックス 1〜11巻 好評発売中!
超自由度を誇る新型VRMMO「ワンモア・フリーライフ・オンライン」の世界にログインした、フツーのゲーム好き会社員・田中《たなか》大地《だいち》。モンスター退治に全力で挑むもよし、気ままに冒険するもよしのその世界で彼が選んだのは、使えないと評判のスキルを究める地味プレイだった!
——冴えないおっさん、VRMMOファンタジーで今日も我が道を行く!
1〜29巻 好評発売中!
各定価：1320円（10%税込）　illustration：ヤマーダ
現実じゃ冴えないおっさんが料理生産から冒険までVRMMOで大活躍!!
漫　画：六堂秀哉　B6判
各定価：748円（10%税込）
アルファポリスHPにて大好評連載中
アルファポリス 漫画　検索

author
akechi
転生皇女は冷酷皇帝陛下に溺愛されるが夢は冒険者です!
最強娘父《おやこ》爆誕!!
大賢者から転生したチート幼女が
過保護パパと帝国をお掃除します!
アウラード大帝国の第四皇女アレクシア。母には愛されず、父には会ったことのない彼女は、実は大賢者の生まれ変わり! 魔法と知恵とサバイバル精神で、冒険者を目指して自由を満喫していた。そんなある日、父である皇帝ルシアードが現れた! 冷酷で名高い彼だったが、媚びへつらわないアレクシアに興味を持ち、自分の保護下へと置く。こうして始まった奇妙な“娘父生活”は事件と常に隣り合わせ!? 寝たきり令嬢を不味すぎる薬で回復させたり、極悪貴族のカツラを燃やしたり……最強幼女と冷酷皇帝の暴走ハートフルファンタジー、開幕!
◉定価:1320円(10%税込) ◉ISBN 978-4-434-33103-9 ◉illustration:柴崎ありすけ

この作品に対する皆様のご意見・ご感想をお待ちしております。

おハガキ・お手紙は以下の宛先にお送りください。

【宛先】

〒150-6008 東京都渋谷区恵比寿4-20-3 恵比寿ｶﾞｰﾃﾞﾝﾌﾟﾚｲｽﾀﾜｰ 8F
（株）アルファポリス　書籍感想係

メールフォームでのご意見・ご感想は右のＱＲコードから、
あるいは以下のワードで検索をかけてください。

アルファポリス　書籍の感想　検索

ご感想はこちらから

本書はWebサイト「アルファポリス」（https://www.alphapolis.co.jp/）に投稿されたものを、改題、改稿、加筆のうえ、書籍化したものです。

転生幼女《てんせいようじょ》はお願《ねが》いしたい
～100万年《まんねん》に1人《ひとり》と言《い》われた力《ちから》で自由気《じゆうき》ままな異世界《いせかい》ライフ～

土偶の友（どぐうのとも）

2023年12月31日初版発行

編集－村上達哉・芦田尚
編集長－太田鉄平
発行者－梶本雄介
発行所－株式会社アルファポリス
〒150-6008 東京都渋谷区恵比寿4-20-3 恵比寿ｶﾞｰﾃﾞﾝﾌﾟﾚｲｽﾀﾜｰ8F
TEL 03-6277-1601（営業） 03-6277-1602（編集）
URL https://www.alphapolis.co.jp/
発売元－株式会社星雲社（共同出版社・流通責任出版社）
〒112-0005 東京都文京区水道1-3-30
TEL 03-3868-3275
装丁・本文イラスト－むらき（https://iou783640.wixsite.com/muraki）
装丁デザイン－AFTERGLOW
印刷－図書印刷株式会社

価格はカバーに表示されてあります。

落丁乱丁の場合はアルファポリスまでご連絡ください。

送料は小社負担でお取り替えします。

ISBN 978-4-434-33104-6 C0093